Findet Nicklas!

Über den Autor

René Falk wurde 1955 geboren. Er ist ein echter Rheinländer und lebt in Troisdorf, einem Nachbarort von Köln. Schon sehr früh zeigte sich seine Neigung zum Schreiben von Kurzgeschichten, vor allem im Bereich SF und Fantasy. In späteren Jahren richtete sich sein Interesse mehr auf das Genre Krimis & Thriller und bald begann er selbst damit, Kriminalromane zu schreiben. Er legt großen Wert darauf, seine Leser zu unterhalten, und wenn ihm dies mit seinen Geschichten gelingt, hat er sein Ziel erreicht.

Findet Nicklas!

René Falk

Bibliografische Information der Deutschen Nationalbibliothek: Die Deutsche Nationalbibliothek verzeichnet diese Publikation in der Deutschen Nationalbibliografie; detaillierte bibliografische Daten sind im Internet über http://dnb.dnb.de abrufbar.

René Falk
Findet Nicklas!

Umschlaggestaltung: *Bryan Gehrke, Buchcovers.de*
Text und Innenillustrationen: *René Falk*

Herstellung und Verlag:
BoD – Books on Demand, Norderstedt

ISBN: 978-3-7543-4691-4

Inhaltsverzeichnis

Über dieses Buch

Der Fund eines menschlichen Skeletts gibt den
Ermittlern der Siegburger Kriminalpolizei Rätsel
auf. Wer hat die Leiche inmitten eines Naturschutzgebietes vergraben, und wie lange liegt diese Tat
zurück? Die Antwort bringt ihnen vielleicht eine
Adresse, die bei dem namenlosen Toten gefunden
wird. Auf dem Weg dorthin kommen sie an einem
Verkehrsunfall vorbei. Die Fahrerin des mit einem
Baum kollidierten Wagens ist zwar tot, doch es deu-
tet einiges darauf hin, dass ein Kleinkind an Bord
gewesen sein muss, das jedoch unauffindbar ist.
Nun gilt es für Denise Malowski und Tobias Heller
und deren Kollegen nicht nur, einen Jahre zurückliegenden Mordfall aufzuklären, sondern zusätzlich
ein Kind aufzuspüren, für dessen Verbleib es so gut
wie keine Hinweise gibt. Beides scheint nahezu unmöglich zu sein. Wird es ihnen dennoch gelingen?

Prolog

Er schlug, von seiner inneren Uhr aufgeschreckt, die Augen auf. Ein Blick auf die Armbanduhr auf der Nachtkonsole, deren Leuchtzeiger selbst im Dunkeln gut abzulesen waren, bestätigte ihm ein perfektes Timing. Schon als Kind hatte er sich die nützliche Fähigkeit antrainiert, bereits beim Einschlafen den Zeitpunkt des Aufwachens pünktlich auf die Minute zu bestimmen. Eine reine Konzentrationsübung, die heute aber gar nicht notwendig gewesen wäre, denn er hatte nicht geschlafen, allenfalls ein wenig gedöst. Viel zu wichtig war diese Nacht!

Er lauschte in die nahezu perfekte Dunkelheit des Zimmers. Nur der einsame Lichtstrahl einer Straßenlaterne fiel durch ein Loch im Rollladen und tanzte auf dem Gesicht seiner Gefährtin, deren gleichmäßige Atemzüge von einem ruhigen, tiefen Schlaf zeugten. Sein Blick ruhte einige Sekunden länger als üblich auf der zusammengerollten, friedlich schlummernden Gestalt, die in dieser Pose einmal mehr äußerst verletzlich auf ihn wirkte, obwohl er sehr wohl um ihre Stärke wusste. Dann richtete er sich vorsichtig auf und schlüpfte in die vor dem Bett geparkten Hausschuhe.

Der Lattenrost gab, verursacht von der Gewichtsverlagerung seiner mehr als achtzig Kilogramm, ein leises, knarzendes Geräusch von sich und er verhielt abrupt in seiner Bewegung. Voller Angst, sie könne dadurch aufgewacht sein, blickte er noch einmal zu der schlafenden Frau, die sich aber nicht rührte. Das leicht verträgliche, jedoch höchst wirksame Schlafmittel, das er beim Abendbrot heimlich in ihren Tee gemischt hatte, würde dafür sorgen, dass es bis zum Morgen auch so blieb. Aufatmend stand er nun vollends auf, nahm seine zuvor bereitgelegten Anziehsachen, und verließ auf Zehenspitzen das gemeinsame Schlafgemach, wobei er sich vorsichtig mit ausgestreckten Armen bis zur Tür tasten musste. Anziehen wollte er sich erst im Bad, um sein Glück nicht allzu sehr herauszufordern.

Noch vor einer Woche hätte er den schändlichen Verrat, den er in dieser Nacht begehen würde, nicht einmal ansatzweise für möglich gehalten, doch mit dem Wissen, das er in der Zwischenzeit mehr durch Zufall erlangte, hatten sich seine Prioritäten diesbezüglich völlig neu ausgerichtet. Nie hätte er bis dahin geglaubt, jemals zu solch einer Tat fähig zu sein, doch dieser eine, besondere Tag hatte einfach *alles* verändert. Es musste sein, eine Alternative gab es nicht! In den darauffolgenden schlaflosen Nächten hatte er deshalb gedanklich einen ausgeklügelten Plan ausgearbeitet, und die freien Tage heimlich für die dringend dafür notwendigen Vorbereitungen genutzt.

In der Garage angekommen, vergewisserte er sich ein letztes Mal, den Zettel mit der Adresse auch wirklich eingesteckt zu haben, und legte anschließend die Gartenschaufel zu der Spitzhacke in den

Kofferraum. Dann ließ er den Wagen langsam im Leerlauf die leicht abschüssige Einfahrt hinabrollen, bevor er auf der Straße den Motor startete. Zum Glück sprang dieser sofort an, sodass er kein unnötiges Aufsehen erregte. Das Schlafzimmerfenster befand sich günstigerweise auf der Rückseite des Hauses in der ersten Etage, daher würde sie in ihrem tiefen Schlummer das davonfahrende Auto nicht hören. Ohne auch nur einen einzigen Blick hinter sich zu werfen, fuhr er entschlossen los. Er hatte in dieser Nacht noch eine Menge vor.

Teil I

Kapitel 1

Horst Schlemmer parkt den Wagen am Ende des schmalen Feldweges, der gleich gegenüber der Ortschaft Heister von seiner Sicht aus rechts der B56 bis zu dem dichten Wald am Rand des Naturschutzgebietes führt, welches hier beginnt und das gesamte Naafbachtal umfasst. Der pensionierte Postbeamte sah sich während seiner Dienstzeit beinahe täglich faulen Witzen über seinen Namen ausgesetzt, der unglücklicherweise bis auf die geringfügig andere Schreibweise mit dem der Karikatur eines schmierigen Zeitungsreporters identisch ist, der vor Jahren von einem bekannten Fernsehkomiker in immerhin recht unterhaltsamer Weise dargestellt wurde. Damit ist es jetzt zum Glück vorbei, ein weiterer Segen des Ruhestandes.

Der andere, ebenfalls kaum zu überschätzende Vorteil am Rentnerdasein ist der schiere Überfluss an wertvoller Freizeit, über die er seither verfügt. Diese verbringt er am liebsten zusammen mit seiner Frau und dem treuen Mischling Max in der unberührten Natur, und dafür ist dieses weiträumige Gelände hier geradezu wie geschaffen, zumal es mit dem Wagen leicht über die nahe Bundesstraße zu erreichen ist. Frieda ist allerdings heute nicht mitgekommen. Sie zog sich gestern bei der Gartenarbeit eine äußerst schmerzhafte Verstauchung am Knöchel zu, als sie über den zwischen ihren Beinen herumtollenden Hund fiel. Sie muss daher zu ihrem Leidwesen für ein paar Tage das Haus hüten.

Was jedoch nicht für Max gilt, der sofort freudig bellend aus dem Auto springt, kaum dass er die Heckklappe des SUV für ihn geöffnet hat. Voller Vorfreude auf die kommenden Stunden läuft das lebhafte Tier hechelnd im Kreis um sein Herrchen herum, bis dieser ihn endlich an die Leine nimmt. Die bekommt er erst wieder abgenommen, sobald sie in dem dafür vorgesehenen Areal angekommen sind, einer genügend weitläufigen, unbewirtschafteten Fläche am Waldrand, wo auch frei herumlaufende Hunde erlaubt sind. Diese Stelle erfreut sich normalerweise großer Beliebtheit, heute allerdings sind sie allein auf weiter Flur.

* * *

Urplötzlich ist die Idylle vorbei. Der Hund, bis zu dieser Sekunde vollauf damit zufrieden gewesen, einem immer wieder aufs Neue geworfenen Stöckchen hinterherzujagen und dieses folgsam zu seinem Herrchen zurückzubringen, scheucht beim Herumtollen ein im Gras friedlich mümmelndes Kaninchen auf, das sofort hakenschlagend flüchtet und im nahen Wald zwischen den dicht stehenden Bäumen Schutz sucht.

Hund Max, normalerweise die Gehorsamkeit in Person, setzt der überraschend aufgetauchten Beute bellend und geschwind wie der Wind nach, die hektischen Rufe seines Besitzers dabei geflissentlich ignorierend, und verschwindet ebenfalls im Dickicht. Horst Schlemmer, unglücklicherweise auch mit dem Leibesumfang des erfundenen Namensvetters ausgestattet, läuft ihm bedeutend langsamer hinterher.

Bereits nach wenigen Metern muss er jedoch um Luft ringend stehenbleiben. »Was ist bloß heute in diesen Hund gefahren?«, schimpft er lauthals vor sich hin, nachdem er halbwegs wieder bei Atem ist. Eine reelle Chance, das Tier im dunklen Wald wiederzufinden, hat er ohnehin nicht, weshalb er sich aufs Rufen verlegt. Wie durch ein Wunder taucht Max tatsächlich kurze Zeit später unter den Bäumen auf. Zwischen den Zähnen trägt er einen Stock, den er ihm artig vor die Füße legt.

Horst Schlemmer bückt sich nach dem vermeintlichen Ast. Er will ihn in eine andere, unverfänglichere Richtung zu werfen, um das Tier nicht erneut in Versuchung zu führen. Seine bereits ausgestreckte Hand zuckt sofort erschrocken zurück, als er erkennt, was der Hund ihm da *wirklich* gebracht hat. Bleich bis unter die Haarwurzeln ergreift er das Teil vorsichtig mit einem Taschentuch, um es dem Tier vor die Nase zu halten.

»Max, zeig!«, gibt er gleichzeitig ein zwar selten benutztes, jedoch äußerst nützliches Kommando, welches er dem Hund schon beigebracht hatte, als dieser noch ein Welpe war. Es bedeutet, dass er ihn dorthin führen soll, wo er diesen unheimlichen Gegenstand gefunden hat. Es klappt, Max dreht sich auf der Stelle um und läuft in den Wald zurück. Doch diesmal legt er ein normales Tempo vor, einen selbst für Zweibeiner leicht zu bewältigenden Trab.

Im Laufen wendet das schlaue Tier immer wieder den Kopf, um sich zu vergewissern, dass sein Herrchen ihm auch tatsächlich folgt.

Der kluge Vierbeiner führt ihn etwa fünfzig Meter tief in den Wald hinein zu einer Stelle, wo die Bäume etwas weniger dicht stehen und eine kleine Lichtung säumen. Im ungefähren geometrischen Zentrum des dadurch entstandenen Platzes muss Max vor kurzem im weichen Untergrund gegraben haben. Jedenfalls gibt es hier einen kleinen Haufen loser Erde rings um eine offenbar soeben ausgehobene Mulde, die exakt so aussieht wie die Löcher, die der Racker in ihrem Garten hinterlässt, wenn er nach Maulwürfen sucht.

Allerdings scheint es ihm doch zu tief zu sein, als dass der kleine Hund es in der kurzen Zeit ganz alleine hätte graben können, trotzdem Max diesbezüglich einen recht großen Eifer an den Tag zu legen pflegt, sofern es etwas Lohnenswertes zu finden gibt. Möglicherweise waren hier vorher andere Tiere am Werk, Wildschweine zum Beispiel. Jedenfalls schimmert auf dem Grund der etwa einen halben Meter tiefen, trichterförmigen Grabung etwas durch das lockere Erdreich, das ihm endgültig einen eisigen Schauer über den Rücken jagt.

Fassungslos und mit vor Entsetzen weit aufgerissenen Augen starrt er eine Weile blicklos vor sich hin, der Hund hingegen sitzt artig neben ihm und schaut ihn mit heraushängender Zunge ob seiner erbrachten Leistung beifallheischend an. Den von Max zuvor mitgebrachten Gegenstand, den er anfangs für einen harmlosen Stock gehalten hatte, der sich dann aber als wahrscheinlich menschlicher Unterarmknochen entpuppte, entgleitet seiner Hand und fällt in das Loch zurück, aus dem er wohl ursprünglich stammt.

Der fallende Knochen bringt ihn wieder zur Besinnung. *Wie gut, dass Frieda zu Hause geblieben ist und dies hier nicht live miterleben muss*, denkt er mit einer gewissen Erleichterung. Seine Frau ist nämlich in solchen Dingen nicht sonderlich belastbar und hat zudem ein schwaches Herz. Sie hätte sich bei der Aktion nur unnötig aufgeregt. Er sollte jetzt bei ihr sein, doch es bleibt ihm noch etwas zu tun, bevor er sich von diesem unheimlichen Ort entfernen kann: Mit vor Aufregung zitternden Fingern tastet er in der Hosentasche nach seinem Handy.

* * *

Die für den Kater nur angelehnte Wohnzimmertür wird dermaßen heftig aufgestoßen, dass sie erst durch den vorsorglich angebrachten Stopper mit einem dumpfen Knall gebremst wird. Wie erwartet, fegt ein graugetigertes Fellknäuel herein, rasiert mit dem Hinterteil eine im Wege stehende Zimmerpalme, die daraufhin auf bedrohliche Weise ins Schwanken gerät, und bringt sich mit einem protestierenden Fauchen unter dem Sofa in Sicherheit. Darauf hatte es sich Denise Malowski nach dem Mittagessen mit ihrem Mann bequem gemacht, um sich mit ihm einen der üblichen Schmachtfetzen im sonntäglichen Nachmittagsprogramm anzuschauen.

3-2-1, zählt Denise in Gedanken. Und tatsächlich: pünktlich auf die Sekunde erscheint Töchterchen

Leonie mit einem wilden Indianergeheul in der Tür, wirft sich aus dem Lauf heraus bäuchlings auf den Teppich und späht unter das Möbelstück, von wo sie zwei grüne Katzenaugen erbost anfunkeln.

»Wie oft habe ich dir schon gesagt, dass du Caruso nicht immer durch das ganze Haus scheuchen sollst, junge Dame?«, benutzt ihre Mutter automatisch denselben Begriff, den ihr Vorgesetzter, Erster Kriminalhauptkommissar Peter Donner, für die Kollegin Christina ›Chrissie‹ Ohlsen zu verwenden pflegt, wenn er sie milde tadeln will, was nicht gerade selten vorkommt.

»Genau einhunderteinmal, Mama!«, gibt die Vierjährige schlagfertig zur Antwort, ohne dabei ihren Lauerposten vor dem Sofa auch nur für eine einzige Sekunde aufzugeben. Schließlich kann der Kater sich ja nicht ewig vor ihr darunter verstecken!

»Ach, hast du das mitgezählt?«, bringt sich ihr Vater in die Diskussion ein, wobei er Mühe hat, sich ein Grinsen zu verkneifen. Kinder in diesem Alter dürfen nicht mitbekommen, wenn man über ihre Eskapaden amüsiert ist, weil sie sich dadurch nur umso mehr zu solchen Kapriolen ermutigt fühlen.

»Beim letzten Mal sagte sie, dass es hundertmal gewesen ist«, lacht das Kind und erhebt sich nun doch vom Teppich. Offenbar hat Leo das Interesse an der Katzenjagd verloren und wird garantiert innerhalb kürzester Zeit, davon ist ihre Mutter überzeugt, einen neuen Unfug anstellen. »Dann muss es jetzt genau einmal öfter sein, oder?«

»Was übrigens erst heute Morgen gewesen ist! Wie wäre es denn, wenn du dir das endlich mal hinter die Ohren schreiben würdest?«, rügt Denise das vorlaute Kind. »Caruso ist schließlich nicht mehr der Jüngste! Willst du ihn etwa umbringen?« Ehemann Sven hält sich schnell die Hand vor den Mund und tut so, als müsse er husten. Solche Szenen sind für diese Familie absolut typisch und allemal besser als jedes Fernsehprogramm!

Zu seiner grenzenlosen Enttäuschung meldet sich jetzt Denises Handy auf dem Kaminsims mit einem schrillen Klingelton, wodurch der vielversprechende Disput zwischen Mutter und Kind abrupt unterbrochen wird. Dies ist vor allem deshalb bedauerlich, weil es sich um das Diensttelefon handelt und der Anruf nur von Donner kommen kann.

Und das wiederum riecht stark nach einem sonntäglichen Sondereinsatz! Ergeben seufzend erhebt er sich und reicht seiner Frau das Handy, welches sie mit säuerlicher Miene entgegennimmt. So ist das eben, wenn man mit einer Kriminalhauptkommissarin verheiratet ist! Töchterchen Leonie hingegen nutzt die günstige Gelegenheit, sich dezent zu entfernen.

»Ja, Chef?«, meldet sich Denise. Sie weiß natürlich ebenso wie ihr Ehemann, was die Stunde geschlagen hat, dafür ist sie lange genug in ihrem Beruf. Und sonntägliche Anrufe dieser Art sind zwar nicht unbedingt die Regel, kommen jedoch immer mal wieder vor. Das Verbrechen kennt nun einmal kein Wochenende. Aufmerksam lauscht sie unter den neugierigen Blicken ihres Gatten den Worten des Kommissariatsleiters.

»Weiß Tobias schon Bescheid?«, erkundigt sie sich bei ihrem Vorgesetzten, nachdem dieser Minuten später mit seinen offenbar umfangreichen Erläuterungen fertig ist. »Okay, dann übernehme ich das für dich. Mein Weg führt sowieso in diese Richtung, da kann ich ihn unterwegs auch gleich einsammeln und mit ihm dorthin fahren. Er ist momentan ja nicht so mobil, wie du weißt.«

»Eine Leiche?«, will Sven wissen, nachdem er sich zuvor vergewissert hat, dass Leonie nicht mehr in der Nähe ist. Denise hat das Telefon eingesteckt und erhebt sich mit einem bedauernden Gesichtsausdruck von ihrem gemütlichen Sitzplatz.

»Da hat jemand ein menschliches Skelett in einem Wald in der Nähe der Talsperre gefunden«, gibt sie ihm eine Kurzfassung des vorangegangenen Telefongesprächs. »Wir sollen da jetzt hinfahren und die Fundstelle untersuchen. Es wäre immerhin möglich, dass dort ein Verbrechen verübt wurde.«

»Muss das denn unbedingt heute noch sein? Die Knochen liegen da garantiert schon etliche Jahre, da kommt es doch auf einen Tag länger bestimmt nicht mehr an!«

»Du bist süß!« Sie gibt ihm lachend einen Kuss. »Sowas kann ja auch nur von einem Steuerberater kommen! Selbstverständlich muss das *sofort* sein, die Knochen liegen nämlich jetzt offen zutage und jede weitere Minute ohne forensische Untersuchung kann dazu beitragen, dass eventuell vorhandene Beweise für einen Mord unwiederbringlich verloren gehen! Pass in der Zwischenzeit auf, dass Leo keinen Unfug macht, ich bin sicher in ein paar Stunden wieder da.«

* * *

Tobias Heller steht schon gestiefelt und gespornt vor der Tür seines Hauses, als Denise Malowski eine Viertelstunde später vorfährt. Offenbar hatte der Chef es sich dann doch nicht nehmen lassen, seinen Stellvertreter persönlich über den Leichenfund zu informieren. Die Dienstwaffe, für deren Aufbewahrung zu Hause er ebenso wie sie selbst eine Sondergenehmigung besitzt, hat er bereits umgeschnallt. In der offen stehenden Doppelgarage nebenan sind die Einzelteile seines zerlegten Motorrades rund um den aufgebockten Rahmen scheinbar wahllos auf dem Boden verteilt. Daneben ist gerade so eben noch Platz für den Honda seiner Frau.

Die Teile gehören zu einer fast vierzig Jahre alten Schrottkiste der Marke BMW, an der er schon seit Wochen herumbastelt und vergeblich versucht, sie zu neuem Leben zu erwecken. Sie wird demnächst vermutlich endgültig den Weg allen Vergänglichen gehen und verschrottet werden müssen. Denise vermutet sicherlich nicht zu Unrecht, dass die bevorstehende ›Beerdigung‹ des geliebten Zweirades für die finstere Miene des Partners mitverantwortlich zeichnet. Ein weiterer Grund für seine schlechte Laune wird wohl in der Störung der verdienten Sonntagsruhe liegen.

Sein Gesicht hellt sich aber sofort zusehends auf, als er sie mit der Familienkutsche, einem geräumigen Van, vorfahren sieht. Mit seiner Körpergröße von 1,85 Meter hat er nämlich in ihrem himmelblauen Smart Cabrio, mit dem Denise normalerweise unterwegs ist, gewisse Probleme. Er kann seine Beine in dem winzigen Auto naturgemäß nicht vernünftig ausstrecken und der Weg zum Fundort der Leiche ist weit. Die einzige echte Alternative wäre der Wagen seiner Frau gewesen. Als Leiterin eines Kriminalkommissariats muss Melanie jedoch ebenso wie er auch an den Wochenenden jederzeit erreichbar und mobil sein, weswegen sie den Honda nur höchst ungern hergibt.

»Willst du darüber reden?«, baut Denise ihm eine goldene Brücke, weil Tobias entgegen seiner sonstigen Gewohnheit einfach grußlos auf dem Beifahrersitz Platz nimmt und sich wortlos anschnallt. Eine Plaudertasche war der Kollege zwar noch nie, aber *dieses* Verhalten ist schon reichlich ungewöhnlich!

»Worüber soll ich denn reden wollen?«, wölbt er fragend die Augenbrauen. Immerhin erhält sie eine Antwort, die Sprache hat er demnach nicht verloren.

»Na, das Motorrad in deiner Garage sieht mir nicht sehr gesund aus«, präzisiert sie ihre Frage, während sie den ersten Gang einlegt. »Es macht irgendwie einen traurigen Eindruck auf mich, wie es da so in seine Einzelteile zerlegt auf das unvermeidliche Ende wartet!«

»Ach was, das alte Mädchen kriege ich irgendwann schon wieder hin«, brummt er unzufrieden. »Es ist nur leider so, dass unsereinem da nicht viel Zeit zu bleibt. Kaum haben wir einen Mordfall gelöst und freuen uns auf ein wenig Ruhe am Wochenende, kommt so eine Töle daher und buddelt ein paar alte Knochen aus! Die waren da zwar wahrscheinlich schon viele Jahre vergraben, aber es muss natürlich ausgerechnet *heute* sein, dass dieser Köter sie zutage fördert! Was hatte der da überhaupt zu suchen? Ist das Naturschutzgebiet dort nicht für frei laufende Hunde verboten?«

»Ich glaube kaum, dass das Tier die Schilder lesen kann«, grinst sie, während sie auf die Hauptstraße einbiegt. Die ist um diese Zeit wie leergefegt. »Ach komm, das dauert bestimmt nicht lange! Was kann an ein paar ollen Knochen denn schon großartig zu untersuchen sein? Jürgens Leute sind sicher bereits vor Ort und werden praktisch jeden Kubikzentimeter Erde durchgesiebt haben, wenn wir dort ankommen. Den Rest werden sie im Labor erledigen können, und die Rechtsmedizin ist bei einem Skelett sicher auch nicht vonnöten. Wir beide müssen nachher also nur kurz den Hundebesitzer interviewen, und schon geht es wieder zurück auf die heimische Couch!«

* * *

Das Auto der Rechtsmedizinerin, welches sie eine halbe Stunde später hinter dem VW-Bus der Forensik vorfinden, widerlegt schon einmal *eine* der offenbar allzu optimistisch geäußerten Prognosen der Hauptkommissarin. Die beiden Fahrzeuge sind auf dem schmalen Feldweg am Rande einer Wiese in der Größe eines Fußballfeldes geparkt, auf dem auch die Ermittler hierhergekommen sind. Menschen sind weit und breit keine zu sehen, nur das Gezwitscher der Singvögel im Geäst der nahen Bäume vertreibt ein wenig die beklemmende Stimmung, die dieser abgelegene Ort in den Ankömmlingen weckt.

Denise stellt den Wagen gleich hinter den beiden anderen am Wegesrand ab und schaut sich mit ihrem Partner draußen aufmerksam um. Der detaillierten Beschreibung gemäß, die Donner ihr am Telefon gab, müssen sie von hier aus nur in gerader Linie auf den Wald zumarschieren, um etwa fünfzig Meter jenseits der Baumgrenze zu einer kleinen Lichtung zu gelangen, wo sie dann sicher auch auf die Kollegen treffen werden.

Sie zeigt an den parkenden Autos vorbei zu dem vor ihnen liegenden, schier endlosen Wand aus dicht beieinanderstehenden Bäumen. Im Kontrast zu der gleißenden Helligkeit hier draußen unter dem freien Himmel wirkt dieser Bereich beinahe schwarz wie die Nacht. »Wir müssen dort hinein in die Dunkelheit, Tobi!«, instruiert sie ihren Partner und setzt sich in Bewegung.

Die hagere, genüsslich kleine Rauchkringel absondernde Gestalt sehen Denise Malowski und Tobias Heller erst, als sie bei den Bäumen angekommen sind. Jürgen Vogel, Leiter der Forensik und leidenschaftlicher Raucher stinkender Zigarillos, um den es sich bei dem lässig an einen Baumstamm gelehnten Mann handelt, trägt heute nämlich keine dieser leuchtend weißen Monturen, die seine Zunft normalerweise auszeichnen, sondern er steht in normaler Straßenkleidung dort in der Dunkelheit. Und die ist wie immer dunkelbraun, sodass er praktisch mit dem Hintergrund des Waldes verschmilzt.

Die Tatsache, sich an einem Ort aufzuhalten, wo eine vor Jahren vergrabene Leiche gefunden wurde, scheint ihm zu genügen, heute einmal auf jegliche Vorsichtsmaßnahme zur Vermeidung einer Kontamination des Fundortes zu verzichten. Im Grunde ist es nach der vergangenen Zeit auch nahezu unmöglich, diesbezüglich nennenswerten Schaden anzurichten. Selbst, wenn es nur wenige Monate zurückläge, dass die Leiche hier vergraben wurde, wäre die Anzahl der Wildtiere, herumstreunender Hunde und anderem Getier, das sich dort herumgetrieben hat, Legion. Von zahllosen Waldspaziergängern ganz zu schweigen. Und wer von den unzähligen Zwei- und Vierbeinern in dieser langen Zeit alles sein ›Geschäft‹ auf der Lichtung verrichtet hat, will man ohnehin lieber nicht wissen!

Das Hauptaugenmerk der Tatortermittler muss sich aus diesem Grund auf das Erdreich richten, in dem die Leiche vermutliche viele Jahre gelegen hat. Mit etwas Glück finden sie darin mehr als nur ein paar alte Knochen. Außerdem sind es von hier aus noch fünfzig Meter bis zur eigentlichen Fundstelle, weswegen die Kommissare mit einigem Recht davon ausgehen, dass der Wissenschaftler sie hier erwartet hat und dabei wieder einmal das Angenehme mit dem Nützlichen verbindet. Im Wald ist das Rauchen ja streng verboten.

»Seid ihr etwa schon fertig?«, wendet sich Tobias Heller anstelle einer Begrüßung an den rauchenden Forensiker. Solche Formalitäten sind zwischen ihnen nach den vielen Jahren der Zusammenarbeit längst nicht mehr nötig. »Habt ihr denn etwas gefunden? Außer dem Skelett, meine ich.«

»Machst du Witze? Wir haben nicht einmal angefangen! Bevor die Pathologin nicht mit ›Knochenzählen‹ durch ist, sind wir leider zur Untätigkeit verurteilt. Ihr könnt euch ja sicher vorstellen, dass an der Oberfläche nichts für uns Relevantes mehr zu finden ist. Zigarettenkippen einsammeln und Schuhabdrücke mit Gips ausgießen scheidet also schon mal aus. Fingerabdrücke gibt es im Wald ja ohnehin keine und DNA bekommen wir höchstens von den Tieren, die sich im Laufe der Zeit da herumgetrieben haben. Dem Zustand der Leiche nach zu urteilen, oder was davon übrig ist, wurde die sicher schon vor ein paar Jährchen dort vergraben. Da gibt allenfalls die Erde, in der sie gelegen hat, etwas für uns her, wenn überhaupt!«

»Wieso ist Doktor de Luca eigentlich anwesend?«, wundert sich Denise. »Ich vermag mir beim besten Willen nicht vorzustellen, dass sie an einem *Skelett* hier vor Ort eine Aussage zum Todeszeitpunkt treffen kann, und die Knochen kann sie sich auch im Labor vornehmen!«

»Donner wird sie angefordert haben, allein schon wegen des fachgerechten Abtransports der menschlichen Überreste. Außerdem sei eine gründliche Untersuchung des Fundortes dieses Mal besonders wichtig, meinte die Rechtsmedizinerin«, widerspricht Vogel ihr. »Die im Erdreich vorhandenen Mineralien und Mikroorganismen seien nämlich für die Einschätzung, wie lange der Mann darin vergraben war, von immenser Bedeutung, sagte sie mir. Das Geschlecht konnte sie anhand des Schädels und des Beckens immerhin schon bestimmen. Fragt sie aber am besten nachher selbst. Die Lichtung ist dank unserer Akkulampen hell erleuchtet, ihr werdet sie also kaum übersehen können.« Er zeigt lässig mit dem Daumen über seine Schulter. Jetzt erst bemerken die Kommissare den Lichtschein in einiger Entfernung. Er war vorher durch Vogels Körper verdeckt.

»Ist der Mann, der uns diesen Schlamassel eingebrockt hat, noch anwesend?«, wechselt Tobias das Thema. »Wie würden ihn gerne zu den Umständen des Fundes befragen.«

»Den haben wir nach Hause geschickt, der Ärmste war total durch den Wind. Das kann man ja auch verstehen, wer findet es denn schon spaßig, bei einem harmlosen Sonntagsspaziergang über einen Haufen Knochen zu stolpern? Ich habe mir aber seine Adresse notiert, er wohnt nicht weit von hier.« Vogel greift in die Tasche und holt einen zerknitterten Zettel hervor, den er notdürftig mit der Hand glättet, bevor er ihn dem Ermittler reicht.

»Du willst mich wohl verarschen!«, lacht Tobias lauthals, nachdem er den fast unleserlichen Namen entziffert hat. Wie die meisten Akademiker hat auch Jürgen Vogel eine fürchterliche Handschrift. Er gibt den Zettel grinsend an Denise weiter. »Jetzt sag bloß, der heißt wirklich so!«

»Entweder das, oder sein Personalausweis ist die beste Fälschung, die ich jemals gesehen habe«, gibt der Forensiker trocken zurück.

* * *

Die taghell erleuchtete, schätzungsweise acht bis zehn Meter durchmessende Lichtung ist rundherum mit rot-weißem Flatterband abgesperrt, welches man der Einfachheit halber um die Stämme der diesen Platz säumenden Bäume geschlungen hat. Fast in der Mitte wurde eine kaum mehr als achtzig Zentimeter tiefe Grube ausgehoben, und mittendrin kauert die durch ihr wallendes schwarzes Haar und den unvermeidlichen Laborkittel unverkennbare Gestalt der Rechtsmedizinerin Martina de Luca mit dem Rücken zu den Neuankömmlingen neben einem Skelett.

Als habe sie auch Augen im Hinterkopf, richtet sich die hagere Frau jetzt übergangslos in einer gleitenden Bewegung zu ihrer vollen Länge von beinahe hundertachtzig Zentimetern auf, um sich Denise Malowski und Tobias Heller zuzuwenden. Gehört haben kann sie deren Schritte aber auf dem weichen Waldboden keinesfalls.

»Ich habe Sie erwartet«, kommt die Pathologin wie immer ohne lange Vorrede gleich zur Sache. Höflichkeitsfloskeln und diplomatisches Getue sind dieser selbstbewussten und humorlosen Frau völlig fremd. »Ich bin hier fürs Erste fertig und habe soeben meine Assistentin angerufen. Sie wird umgehend für den ordnungsgemäßen Abtransport sorgen. Das Skelett ist männlich und, soweit ich es beurteilen kann, auch vollständig. Das bedeutet, dass der Mann entweder an dieser Stelle verstarb oder maximal zwei bis drei Tage nach seinem Dahinscheiden vergraben wurde, da die Leiche später infolge des Verwesungsprozesses auf keinen Fall mehr an einem Stück hätte transportiert werden können.«

Die stolze Medizinerin bedenkt Tobias, der schon den Mund zu einer seiner üblichen Fragen geöffnet hat, mit einem spöttischen Lächeln. »Sparen Sie sich Ihren Atem, Herr Heller! Ich kann heute auf keinen Fall eine auch nur ansatzweise zutreffende Aussage über die Liegezeit treffen. Wie Sie sehen, ist vom Körper kaum etwas übriggeblieben und die Kleidung ist ebenfalls größtenteils zersetzt, aber das kann je nach Bodenbeschaffenheit alles zwischen ein paar Monaten und vielen Jahren bedeuten. Sobald ich die Knochen und die Erde im Labor untersucht habe, wird zumindest eine ungefähre zeitliche Eingrenzung möglich sein. Um die Textilien müssen sich Ihre Forensiker kümmern.«

»Glauben Sie, im Zuge der Leichenschau Hinweise auf die Identität zu finden?«, wirft Denise vorsichtig ein. Sie weiß, wie empfindlich die fähige Pathologin in solchen Dingen ist.

»Eine Autopsie fällt aus naheliegenden Gründen aus, Frau Malowski«, erhält sie eine halbwegs freundliche Antwort. »Ich werde Sie aber umgehend telefonisch über das Ergebnis meiner Untersuchungen in Kenntnis setzen. Die DNA-Analyse der Knochen wird wohl eine Weile dauern, dafür ist sein Gebiss vollständig erhalten. Sobald ich eine Röntgenaufnahme von den Zähnen angefertigt habe, können Sie über seinen Zahnarzt, sofern Sie diesen ausfindig machen können, vielleicht den Namen herausbekommen.«

»Zur Todesursache werden Sie dann wohl ebenfalls keine Vermutung anstellen können?«, erkundigt sich Tobias Heller enttäuscht. Was sie hier erfahren haben, ist weniger als nichts!

»Sie haben Glück«, erhält er aber überraschend zur Antwort, wobei die Rechtsmedizinerin erneut ein seltenes Lächeln zeigt. »Wäre dieser Mensch vergiftet worden oder erschossen, hätte ich tatsächlich keine Chance, sofern Ihre Forensiker nicht noch ein Geschoss im Erdreich finden. Der Mann hier wurde aber definitiv erschlagen, was die beiden anderen Möglichkeiten selbstverständlich nicht gänzlich ausschließt. Dies wäre dann jedoch zusätzlich gewesen. Sehen Sie sich den Schädel bitte einmal genau an!«, winkt sie die Kommissare in die Grube hinab. Auf dem Scheitel des Totenkopfes ist deutlich ein quadratisches, scharfkantiges Loch von etwa zwei Zentimetern Kantenlänge zu erkennen.

»Welches Werkzeug könnte denn so eine Wunde erzeugen?«, spricht Tobias nachdenklich mehr zu sich selbst, als zu Denise oder der Medizinerin.

»Ich werde es herausfinden«, verspricht Martina de Luca ihm dennoch selbstbewusst. »Eines kann ich Ihnen jetzt schon sagen: Der Täter schlug von hinten zu, und zwar von oben, wie unschwer zu erkennen ist. Sofern der Mörder nicht sehr viel größer als sein Opfer war, was ich allerdings bei einer gemessenen Körpergröße von 1,82 Metern ausschließen möchte, hat er wahrscheinlich arglos mit dem Rücken zu ihm auf dem Boden gekniet oder gehockt! Ah, da kommt ja auch schon meine Assistentin!«

Denise und Tobias wenden sich sofort der unbemerkt hinter ihnen herangetretenen Frau zu. »Hallo zusammen!«, grüßt Krystina Nowak freundlich und steigt ohne weitere Umstände in die Grube hinab, nachdem sie einige Kästen an deren Rand abgestellt hat. Eine Freundin vieler Worte war sie noch nie.

»Na, dann wollen wir diesen Herrn mal schnell einsammeln!«, verkündet die junge Pathologin fröhlich und beginnt umgehend damit, jeden einzelnen Knochen mit einem Pinsel vom Erdreich zu befreien, mit Anhängern zu versehen, mit Luftpolsterfolie zu umwickeln, und zum Schluss vorsichtig in die mitgebrachten Spezialbehälter zu legen.

Bei geschätzten zweihundertsechs ›Einzelteilen‹, aus denen ein menschliches Skelett im Allgemeinen besteht, wird dies allerdings entgegen ihrer Aussage etwas dauern. Um es in der Pathologie wieder korrekt zusammensetzen zu können, müssen zuvor nämlich sämtliche Teile durchnummeriert und entsprechend gekennzeichnet werden, daher kann von ›eben mal schnell einsammeln‹ wohl eher keine Rede sein.

»Ich werde Sie dann jetzt verlassen«, wendet sich Martina de Luca den Kommissaren zu, nachdem sie ihrer Mitarbeiterin eine Weile bei dieser Tätigkeit, die an die Arbeit von Archäologen erinnert, zugeschaut hat. »Sie können Herrn Vogel ausrichten,

dass der Fundort ganz ihm und seinen Leuten gehört, sobald die Knochen verpackt und abtranspor-
tiert worden sind.«

Kapitel 2

»Solange wir nicht wissen, wann der Bursche dort vergraben wurde, haben wir kaum eine Möglichkeit, irgendetwas zu den Tatumständen herauszufinden oder gar seine Identität aufzudecken«, fasst Peter Donner die von Denise Malowski und Tobias Heller vorgetragenen Fakten zum Leichenfund zusammen. Viel war es nicht, was sie zu berichten hatten, und der unglückliche Finder konnte nur die Umstände, die zu dem Fund führten, zu Protokoll geben.

Wolfgang Müller zeigt auf ein Foto des Schädels an der Tafel, auf dem das quadratische, wie eingestanzt aussehende Loch zu erkennen ist. »Diese Verletzung kann nicht auf natürliche Weise entstanden sein, Chef! Da es sich also mit einiger Sicherheit um ein Gewaltverbrechen handelt, sind wir per Gesetz sogar verpflichtet, unverzüglich die Ermittlungen einzuleiten. Und dabei ist es vollkommen gleichgültig, wie viele Jahre seit der Tat vergangen sind, denn Mord verjährt nicht!«

»Dann bereite dich am besten darauf vor, die Vermisstenmeldungen der letzten zwanzig Jahre durchzusehen«, ätzt der Kommissariatsleiter. »Mehr als das Geschlecht und die Größe haben wir nämlich nicht, nicht einmal das ungefähre Alter ist uns bekannt! Wie willst du da etwas herausfinden? Seid ihr wenigstens schon mit der Untersuchung der Fundstelle durch?«, wendet er sich an Jürgen Vogel. Ihrer aller Hoffnung liegt jetzt darin, dass die Forensiker in der Erde noch andere Gegenstände gefunden haben. Das Tatwerkzeug wäre in dieser Hinsicht geradezu wie ein Sechser im Lotto!

»Meine Leute sind noch vor Ort«, brummt der Wissenschaftler. »Oder besser gesagt: schon wieder! Gestern mussten wir die Arbeit zu vorgerückter Stunde einstellen, weil es dort im Wald plötzlich nur so von Mücken wimmelte. Die lästigen Blutsauger wurden zu Tausenden von den hellen Lampen angezogen und behinderten uns massiv. Die Rechtsmedizin benötigte ja den ganzen Nachmittag für das Einsammeln der sterblichen Überreste, weswegen wir erst am Abend beginnen konnten. Ein paar Sachen haben wir aber schon eingetütet, ob und wie diese Gegenstände mit dem Mordopfer oder der Tat in Zusammenhang stehen, ist allerdings noch völlig unklar. Verwertbare Fingerabdrücke sind nach der langen Liegezeit in der Erde nicht mehr vorhanden, von DNA ganz zu schweigen.«

»Wir werden ja sehen, was davon für uns nützlich ist«, fordert Donner ihn mit einem Kopfnicken auf, weiterzusprechen. »Was genau habt ihr denn nun gefunden?«

»Das ist schnell gesagt: einen leicht angerosteten Schlüsselbund ohne Adressanhänger, einen Zwanzig-Euro-Schein, und einen verblichenen Zettel, auf dem irgendwas notiert war. Amara ist zur Stunde damit beschäftigt, die Schrift wieder lesbar zu machen. Der Geldschein wurde übrigens ebenso wie Zettel und Schlüssel *unterhalb* der Leiche gefunden. Daraus lässt sich mit einiger Berechtigung schließen, dass diese Gegenstände entweder zusammen mit ihr vergraben wurden oder sich schon eine unbekannte Zeit dort befanden, als der Körper in die Grube gelegt wurde. Später kann es auf keinen Fall gewesen sein, es sei denn, jemand hätte die Leiche ausgegraben und anschließend wieder verbuddelt.«

Das Fachgebiet der Informatikerin Amara Jones ist vornehmlich im elektronischen Bereich angesiedelt, doch die IT-Spezialistin nigerianischer Abstammung hatte sich in der Vergangenheit auch schon mehrfach durch das erfolgreiche Entschlüsseln beziehungsweise dem Sichtbarmachen von verblichenen Texten hervorgetan.

»Das mit dem nachträglichen Ausbuddeln halte ich für wenig wahrscheinlich«, lässt sich Christina ›Chrissie‹ Ohlsen vernehmen. »Daher grenzt dieser Geldschein den Zeitrahmen für die Tat auf jeden Fall erheblich ein. Diese Währung gibt es bekanntlich erst seit dem Jahr 2002!«

»Es kommt noch besser!«, grinst Jürgen Vogel in stiller Vorfreude. Eine der nervigsten Angewohnheiten des Forensikers ist zum Leidwesen seiner Zuhörer, die nichts als die schnelle Aufklärung von Verbrechen im Sinn haben, brisante Informationen eher beiläufig preiszugeben. So auch heute. »Der Geldschein«, erklärt der Wissenschaftler genüsslich, »ist in einem sehr guten Zustand und hat eine noch lesbare aufgedruckte Jahreszahl, und die lautet 2016! Demnach wurde die Leiche vor längstens fünf Jahren dort vergraben!«

»Was ist mit diesem Schlüssel?«, erkundigt sich Horst Weiland. »Kann man anhand der Korrosion den Zeitraum noch weiter einzugrenzen? Wir können doch wohl mit einiger Berechtigung davon ausgehen, dass er entweder ebenfalls spätestens mit der Leiche in die Erde kam, oder eben irgendwann vorher.«

»Nun, das hängt von mehreren, zum Teil unbekannten Faktoren ab«, erklärt Vogel ihm. »Zunächst einmal wissen wir ja nicht, in welchem Zustand er dorthin gelangte. Nehmen wir der Einfachheit halber an, er war annähernd neuwertig. Dann müsste ich die Legierung untersuchen und die Zusammensetzung des Erdreiches analysieren, in dem er lag, aber das hatte ich in Zusammenhang mit den Überresten der Kleidung des Toten ohnehin vor. Morgen um diese Zeit werde ich sicher eine zumindest ungefähre Aussage dazu treffen können.«

»Danke Jürgen!«, nickt Donner ihm zu. »Ich denke, viel mehr werden wir zu diesem Zeitpunkt nicht in Erfahrung bringen und die Ergebnisse deiner Untersuchung und der Pathologie abwarten müssen. Vielleicht kann uns Doktor de Luca wenigstens das Alter nennen. Ihr dagegen jetzt werdet die Vermisstenmeldungen der letzten fünf Jahre durchgehen«, wendet er sich abschließend an seine Ermittler. »Macht euch am besten gleich an die Arbeit!«

* * *

»Na toll!«, mokiert sich Chrissie Ohlsen eine halbe Stunde und unzählige Aktenabfragen später. »Was der Chef da von uns verlangt, ist die reinste Beschäftigungstherapie! Wir wissen nur, dass unser Opfer männlich ist und dass er zwischen, sagen wir, vor einem und längstens fünf Jahren umgebracht wurde. Das Alter ist unbekannt, und eine Personenbeschreibung haben wir ebenfalls nicht. Wie sollen wir denn da etwas finden? Das einzige bekannte persönliche Merkmal stellt die Körpergröße dar, und die trifft auf die halbe männliche Bevölkerung zu!«

»Wie gut, dass du ›*männliche Bevölkerung*‹ gesagt hast«, grinst Wolfgang Müller anzüglich, da Chrissie größenmäßig gerade mal so eben die Mindestvoraussetzung für den Polizeidienst erfüllt. »Vielleicht hat ja einer ein Skelett als vermisst gemeldet, dann wäre der Fall nämlich in Rekordzeit gelöst!«

Bevor seine Freundin angemessen auf die doppelte Albernheit reagieren kann, kündigt ein Klopfen an der Tür Besuch an. Herein kommt Amara Jones, die über ihr ganzes ebenholzschwarzes Gesicht strahlt und fröhlich ein Papier in der Hand schwenkt. »Ich habe schon einen Teil des Zettels aus der Grube lesbar machen können«, verkündet sie stolz und reicht das Blatt an Chrissie weiter. »Viel ist es leider nicht, was man erkennen kann. Nur sowas wie eine Adresse, und die ist zudem unvollständig. Ich hoffe, ihr könnt trotzdem etwas damit anfangen.«

»Warum hast du diese Information nicht gleich an Denise und Tobias weitergegeben?«, will Wolfgang Müller wissen. »Das sind die leitenden Ermittler in diesem Kommissariat, und ihr Büro liegt auf dem Weg hierher sogar noch näher als unseres.«

»Die waren aber nicht da! Ist doch auch völlig egal, wer von euch sich jetzt zuerst darum kümmert, oder nicht?« Mit diesen Worten rauscht die IT-Spezialistin von dannen und lässt die Kommissare wieder allein mit einer Information, von der sie noch nicht wissen, was sie damit anfangen sollen. Aber was momentan wesentlich interessanter sein dürfte, ist die Antwort auf die Frage, weshalb *beide* Hauptkommissare nicht in ihrem Büro anzutreffen sind.

* * *

Diese Auskunft hätte ihnen ihr Vorgesetzter geben können. Zumindest rudimentär, denn mehr als ein eiliges ›wir wollen nur schnell was überprüfen, Chef‹, das Tobias ihm zugerufen hatte, als er mit Denise an seiner offen stehenden Bürotür vorbeilief, hätte er ihnen auch nicht zu sagen vermocht.

Da Donner seinen Ermittlern jedoch in fast jeder Hinsicht blind vertraut, genügte dies dem Kommissariatsleiter vollauf. Sie würden ihm ohnehin spätestens nach ihrer Rückkehr Bericht erstatten müssen. Was den geheimnisvollen Ort angeht, zu dem die beiden so eilig aufgebrochen sind, hat er aber zumindest eine vage Vermutung. Viele Möglichkeiten gibt es dafür momentan ja nicht.

Und so stehen Denise Malowski und Tobias Heller nach halbstündiger Fahrt jetzt auch tatsächlich am Rand der im Zuge der forensischen Untersuchungen nunmehr auf vier Quadratmeter Fläche und anderthalb Meter Tiefe vergrößerten Grube im Wald bei Heister. Diese ist zwar immer noch mit dem rot-weißen Flatterband abgesperrt, liegt aber zurzeit unbeleuchtet und verlassen vor den Ermittlern. Offenbar wurden die Arbeiten daran zumindest vorübergehend eingestellt.

»Und? Ist dem ›Herrn Meisterdetektiv‹ schon eine Erleuchtung zuteilgeworden?«, wagt Denise es nach einer Minute nachdenklichen Schweigens, ihn spöttisch in seinen Überlegungen zu unterbrechen. Sie bezieht sich dabei auf seine Begeisterung für Arthur Conan Doyles Romanfigur Sherlock Holmes, dessen brillanter Verstand ähnlich präzise funktioniert wie der ihres Partners.

Tobias hatte schon bei ihrem ersten Besuch etwas an dem Szenario gestört, ohne es allerdings genauer benennen zu können. Zu diesem Zeitpunkt lag die Leiche zwar noch in der Grube, aber er war durch das Gespräch mit der Rechtsmedizinerin abgelenkt. Und weil sein bildhaft exaktes Gedächtnis einen Trigger benötigt, um sich diese Begebenheit erneut gedanklich vor Augen zu führen, schlug er kurzerhand vor, ein weiteres Mal hierherzufahren.

»Die habe ich in der Tat!«, ignoriert er geflissentlich den ironischen Tonfall. »Erinnerst du dich noch daran, wie der Tote in der Grube gelegen hat, als wir gestern hier ankamen? Er war nämlich mit dem Gesicht nach unten lang ausgestreckt«, beantwortet er seine rhetorische Frage gleich selbst. »Ich habe dem zunächst keine Bedeutung beigemessen, doch im

Nachhinein fiel mir auf, dass Doktor de Luca uns das Loch in seinem Hinterkopf zeigen konnte, ohne diesen anzufassen.«

»So weit kann ich dir folgen, und was hat das jetzt mit dem Tathergang zu tun?«

»Es lief vermutlich folgendermaßen ab: Das Mordopfer kam hierher, um an diesem abgeschiedenen Ort etwas zu vergraben, wozu er die notwendigen Werkzeuge mitgebracht hatte. Ich denke dabei vornehmlich an eine Spitzhacke und eine Schaufel. Als er dann in dem Loch stand oder meinetwegen auch hockte, welches er soeben ausgehoben hatte, schlich sich sein Mörder von hinten an und verpasste ihm mit der bereitliegenden Hacke einen gezielten Hieb auf den Hinterkopf. Das würde auch perfekt zu Form, Größe und Lage der tödlichen Verletzung passen! Eine Spitzhacke hat nämlich einen quadratischen Querschnitt, und der Mörder stand ja erhöht außerhalb des Loches und musste daher nicht einmal besonders groß sein! Der Mann fiel vornüber in sein selbst geschaufeltes Grab und brauchte anschließend nur noch mit der zuvor ausgehobenen Erde zugedeckt zu werden!«

»Und *was* hat er deiner geschätzten Meinung hier vergraben wollen? Etwa ein Pferd?«, meldet Denise mit hochgezogenen Brauen leichte Zweifel an. »Und was ist dann damit passiert? In dem Loch wurden bis auf einige Kleinigkeiten nur seine sterblichen Überreste gefunden!«

»Ich weiß nicht, worauf du hinaus willst!«, tut ihr Partner beleidigt, seinem konzentrierten Gesichtsausdruck gemäß arbeitet sein Gehirn aber gerade auf Hochtouren.

»Na, wegen der Größe dieses Loches!«, hilft sie ihm auf die Sprünge. »Wenn einer etwas *vergräbt*, wird er doch eher in die Tiefe buddeln als in die Breite! Es muss aber deiner Theorie zufolge mindestens ausgereicht haben, dass ein ausgewachsener Mensch der Länge nach hineinpasste. Ich gehe daher davon aus, dass er hier irgendwas *ausgraben* wollte und nur die Lage nicht auf den Meter genau kannte!«

»Deshalb ging er beim Ausheben des Loches etwas großzügiger zu Werke«, ergänzt Tobias nickend. »Du hast recht, *diese* Variante ergibt tatsächlich viel mehr Sinn! Und welcher Schatz auch immer hier vergraben war: Er ist jetzt im Besitz seines Mörders!«

* * *

Ohne es zu wissen, fahren Chrissie Ohlsen und Wolfgang Müller in diesem Augenblick auf der B56 in exakt dieselbe Richtung. Nur noch etwas mehr als fünf Kilometer, dann werden sie auf dem Weg zu ihrem Ziel an dem Wald bei Heister vorbeikommen, wo die Kollegen versuchen, einen viele Jahre zurückliegenden Tathergang nachzuvollziehen. »Schlechtes Timing«, würde ihr gemeinsamer Vorgesetzter jetzt sagen, sofern er Kenntnis davon hätte. Im Gegensatz zu Denise und Tobias hatten *sie* ihm allerdings vor der Abfahrt ihr Vorhaben kurz erläutert.

Und das liegt in der Überprüfung der Adresse, die Amara Jones einigermaßen lesbar gemacht hatte. Der Ortsname war zwar nach wie vor nicht einmal ansatzweise zu entziffern gewesen, der Rest war aber trotz einiger verwischter Buchstaben recht eindeutig. Und eine Straße mit diesem Namen existiert lediglich zweimal in dieser Gegend, und zwar in Königswinter und in Neunkirchen-Seelscheid, wohin die Kommissare nun unterwegs sind.

Da es bis Königswinter an die dreißig Kilometer zu fahren sind, Neunkirchen-Seelscheid aber sozusagen nur einen Steinwurf von der Fundstelle der Leiche entfernt ist, hielten Müller und Ohlsen es für angebracht, dort zuerst ihr Glück zu versuchen.

Diese Bundesstraße ist zwischen den Ortschaften Siegburg und Lohmar auf einem Abschnitt von über zwei Kilometern fast schnurgerade, und zurzeit ist ihr Dienstwagen das einzige Fahrzeug weit und breit. Wolfgang Müllers Aufmerksamkeit ist daher unvorsichtigerweise mehr auf die Landschaft gerichtet, die hier, wie überall rund um die Talsperre, beidseitig des Fahrwegs aus Mischwald besteht. Die Bäume bieten dem Auge aber eher ein wenig Abwechslung als die leere Straße, weshalb auch seine Freundin stumm aus dem Seitenfenster schaut.

Den Wagen, der ihnen ohne jede Vorwarnung in einer der wenigen Linkskurven, die diese Strecke aufweist, auf der falschen Straßenseite entgegenkommt, nehmen sie aus diesem Grund beinahe zu spät wahr. Mit einem für ihn eher untypischen

Fluch reißt Müller das Lenkrad geistesgegenwärtig herum und zwingt das Auto in die einzige Richtung, die ihm an dieser Stelle aufgrund der Bäume links und rechts der Fahrbahn zur Verfügung steht. Während sie der drohenden Kollision auf der zum Glück immer noch freien Gegenfahrbahn nur um wenige Zentimeter entgehen, entschwindet der Geisterfahrer hinter der Kurve ihren Blicken.

»Was war denn *das*?«, keucht Chrissie schreckensbleich, nachdem sie sich wieder halbwegs vernünftig hingesetzt und ihre Gliedmaßen sortiert hat. Nur der vorschriftsmäßig angelegte Sicherheitsgurt hatte verhindert, dass sie während des bei einer immerhin hier erlaubten Geschwindigkeit von 60 km/h durchgeführten abrupten Ausweichmanövers quer durch den Wagen geschleudert wurde.

»Auf jeden Fall war es äußerst knapp!«, knurrt ihr Partner, auch ihm ist der Schreck heftig in die Glieder gefahren. »Da hat nicht viel gefehlt, und wir hätten die Engel singen gehört!« Trotzdem die Straße jetzt wieder frei ist, reduziert er vorsichtshalber deutlich das Tempo. Bis zur nächsten Ortschaft ist es ohnehin nicht mehr weit und besonders eilig haben sie es im Grunde ja auch gar nicht.

* * *

Zwei Stunden später sind sie bereits wieder auf dem Rückweg und um eine Illusion ärmer. Die ohne Probleme auf Anhieb gefundene Adresse in einem Nebenort von Neunkirchen-Seelscheid entpuppte sich als ausgebrannte Ruine, in der nach Auskunft der umliegenden Nachbarn seit langer Zeit niemand mehr wohnt. Dieser Umstand war dann wohl auch der Grund dafür, dass die vor Antritt der Fahrt durchgeführte Einwohnerabfrage negativ verlaufen war.

Von einem hier ansässigen Mann, der vor maximal fünf Jahren auf ungeklärte Weise verschwunden sein könnte, wusste man dort auch nichts, obwohl die Kommissare sich bei einer Reihe von Anwohnern der nicht gerade kleinen Straße erkundigt hatten.

Einige der Befragten berichteten, dass dort früher öfter Landstreicher kampiert hatten, aber nachdem einer von ihnen das alte Gemäuer im Februar 2018 mit einem Lagerfeuer versehentlich in Band gesteckt hatte, war damit auch Schluss gewesen. Jetzt käme zwar als zweite Möglichkeit noch die Adresse in Königswinter infrage, aber das wollen die Ermittler sich heute auf gar keinen Fall mehr antun.

Als sie an der Stelle vorbeikommen, wo es auf der Hinfahrt beinahe zu einem Unfall gekommen wäre, fällt Chrissie, die jetzt den Wagen lenkt, etwas Blaues auf, das auf der nun linken Seite in Verlängerung der Kurve unter den Bäumen zu sehen ist. Bei näherem Hinsehen entpuppt es sich als das Heck eines PKW, der sich zwischen den Baumstämmen verkeilt hat.

»Sag mal, ist das nicht der Wagen, der uns vorhin beinahe gerammt hätte?«, wendet sie sich verwundert an ihren Partner, während sie den Audi an den Straßenrand steuert. Untersuchen müssen sie diesen offensichtlichen Unfall als verantwortungsbewusste Verkehrsteilnehmer auf jeden Fall. Zunächst schaltet sie jedoch vorsorglich die Warnblinkanlage ein.

»Das ist mindestens zwei Stunden her«, schüttelt Wolfgang den Kopf. »Da hat sich bestimmt längst einer drum gekümmert!« Einmal mehr bewundert er den Adlerblick seiner Freundin, er selbst hatte das Auto im Dickicht etwa zwanzig Meter jenseits der Straße zuerst gar nicht gesehen.

»Hier ist momentan nicht viel Verkehr, wie du sicher schon bemerkt hast, und der Wagen ist unter den Bäumen kaum auszumachen! Wer weiß, ob das überhaupt irgendjemandem aufgefallen ist. Komm, wir schauen mal nach, ob dort unsere Hilfe benötigt wird!«

Auf dem Weg dorthin achten sie automatisch auf jede noch so winzige Kleinigkeit, das ist ihnen als polizeiliche Ermittler sozusagen in Fleisch und Blut übergegangen. So fällt beim Überqueren der Fahrbahn auch sofort auf, dass es dort überhaupt keine Bremsspuren gibt, und im weichen Waldboden sind die Reifenspuren exakt schnurgerade und von einer solchen Deutlichkeit, dass hier weder gebremst noch ein Ausweichmanöver versucht wurde.

Chrissie Ohlsen wendet sich unter den Bäumen kurz um und folgt der Spur mit ihren Blicken bis zur Straße. »Da stimmt etwas nicht, Wolfi!«, bringt sie ihr Unbehagen zur Sprache. »Siehst du das? Die Reifenspur zeigt genau auf den Scheitelpunkt der Kurve, wo uns der Wagen auf der Hinfahrt auf der falschen Fahrspur entgegenkam. In Verlängerung dieser Linie kommen wir auf die vom Fahrer aus gesehen rechte Straßenseite. Das scheint mir ganz so, als hätte er unmittelbar vor der Kurve das Bewusstsein verloren, wodurch das Auto geradeaus weiterfuhr, beinahe mit unserem Wagen kollidierte, und ungebremst in den Wald hinein raste!«

»Das können wir alles später noch untersuchen, falls es sich als notwendig erweisen sollte!«, brummt Wolfgang Müller wegen der Verzögerung ungehalten. »Jetzt schauen wir uns aber erstmal das Unfallfahrzeug an, darin ist womöglich jemand eingeklemmt, der dringend Hilfe benötigt!«

Seine Befürchtung bestätigt sich wenige Augenblicke später. Das Fahrzeug, ein zweitüriger Kleinwagen der Marke Renault, ist zwischen zwei großen Bäumen geradezu eingekeilt und steht zudem mit der völlig demolierten Kühlerhaube direkt vor einem weiteren, mindestens einen Meter durchmessenden Baumstamm, der mit seinen unteren Ästen die Frontscheibe blockiert. Sie ist ebenso wie die Seitenfenster wie durch ein kleines Wunder beim Aufprall unversehrt geblieben.

Über eine Heckklappe verfügt dieses Modell nicht, dadurch besteht auf Anhieb keine einfache Möglichkeit, in den Wagen hinein oder aus ihm heraus zu gelangen. Rechts ist zwar das Seitenfenster heruntergekurbelt, als Einstieg ist es aber nicht zu gebrauchen, da käme nicht einmal Chrissie durch. Hinein müssen die Ersthelfer jedoch, denn durch die Fenster ist deutlich eine leblose junge Frau zu sehen, die über dem erschlafften Airbag zusammengesunken ist und sich auch nach mehrfachem Klopfen gegen die Windschutzscheibe nicht rührt.

Einer Absprache bedarf zwischen ihnen dieses Mal ausnahmsweise nicht, denn die Rollenverteilung ist eindeutig: Während Wolfgang Müller sich ächzend mit seinem ganzen Gewicht von hundert Kilogramm gegen die demolierte Kühlerhaube stemmt, um den Wagen wenigstens so weit zurückzuschieben, dass sich eine der Türen öffnen lässt, ruft Chrissie Ohlsen mit ihrem Handy einen Rettungswagen.

Zumindest die Beifahrertür kann er anschließend, obwohl auch diese reichlich verbeult ist, ohne Hilfsmittel mit nur geringer Kraftanstrengung ein Stück weit öffnen, die Fahrerseite ist weiterhin blockiert. Müller steigt auf den Beifahrersitz, beugt sich zu der leblosen Gestalt hinüber und tastet nach ihrer Halsschlagader. Nichts. Er versucht es erneut. Wieder Fehlanzeige!

Er klettert vorsichtig rückwärts aus dem Auto und schüttelt bedauernd den Kopf, als seine Freundin ihn mit besorgter Miene fragend anschaut. »Sie ist tot«, verkündet er das traurige Ergebnis der Untersuchung mit rauer Stimme. »Wir sind zu spät gekommen!«

»Was ist denn hier passiert?«, ertönt in diesem Augenblick eine ihnen nur allzu bekannte Stimme in ihrem Rücken. Beide fahren synchron zu dem Sprecher herum. Tobias Heller und Denise Malowski, über deren genauen Aufenthaltsort niemand im Kommissariat etwas zu sagen wusste, sind überraschend auf der Bildfläche erschienen und taxieren mit professionellem Interesse das zu Schrott gefahrene Auto.

»Wusste ich es doch, dass das euer Wagen ist, der dort vorne mit eingeschalteter Warnblinkanlage am Straßenrand steht«, bemerkt Denise. »Was macht ihr zwei überhaupt hier, fern der Heimat?«

»Dasselbe könnten wir euch fragen«, gibt Chrissie patzig zurück. »Wolfgang und ich haben vorhin in Neunkirchen-Seelscheid etwas überprüft. Auf dem Rückweg sahen wir dann das Auto unter den Bäumen stehen und haben natürlich sofort angehalten, um zu helfen. Die Fahrerin war aber bereits tot!«

»Tot, sagst du?« Tobias beugt sich durch die offene Beifahrertür in die Fahrgastzelle und schaut sich in deren Inneren minutenlang aufmerksam um. Dann zieht er sein Handy aus der Jackentasche. »Das war kein Unfall, Leute!«, informiert er die Kollegen ernst, während er in den Kontakten des Mobiltelefons nach der richtigen Nummer sucht. »Oder jedenfalls nicht nur. Diese Frau hat eine schlimme Stichwunde im Bauchbereich, ist euch das denn nicht aufgefallen? Da ist doch alles voller Blut!«

Nachdem die notwendigen Anrufe getätigt sind und sie auf die angeforderte Rechtsmedizinerin und die ebenfalls herbeigerufene KTU warten, setzen die Kommissare sich zunächst gegenseitig über Sinn und Zweck ihrer jeweiligen Ausflüge in Kenntnis. »Wir haben uns dann noch eine ganze Weile mit den beiden Forensikern vor Ort unterhalten«, begründet Denise ihre leicht verspätete Rückkehr. »Sie kamen von einer ausgedehnten Mittagspause im Nachbarort zurück, als wir uns gerade auf den Heimweg machen wollten.«

»Und da haben die einen möglichen Tatort einfach so stundenlang unbewacht gelassen?«, wundert sich Wolfgang über dieses unprofessionelle Verhalten der Spurensicherer. »Na, wenn das mal Jürgen zu Ohren kommt! Hat man wenigstens noch etwas gefunden, das uns bei der Identifikation der Leiche weiterhelfen könnte?«

»Ein paar Kleinigkeiten. Was sich davon als nützlich erweist, wird die Zukunft zeigen. Im Augenblick fischen wir eher im Trüben, zumal der Zettel mit der Adresse offensichtlich eine Niete war. Unser einziger Hinweis auf die Liegezeit der Leiche ist jetzt der Geldschein.«

* * *

Dr. Martina de Luca gleicht beinahe einem Racheengel, wie sie mit wehenden Haaren und vorne offenem Laborkittel auf die kleine Gruppe zumarschiert kommt. Ist der Umgang mit der eigenwilligen Rechtsmedizinerin auch sonst schon nicht leicht, scheint ihre Laune heute auf einem Tiefpunkt angekommen zu sein. Die Kommissare vermuten als Grund dafür die vorangegangene Untersuchung der Leiche, die sie innerhalb der Fahrgastzelle des kleinen Autos vornehmen musste. Den Körper durfte sie dabei nämlich nicht mehr als unbedingt notwendig bewegen, um keine eventuell vorhandenen Beweise für eine Straftat zu zerstören.

»Ist es eigentlich normal, dass Sie auf Ihrem Weg durch die Welt auf Schritt und Tritt über Leichen stolpern?«, funkelt sie Tobias Heller erbost an. »Im Grunde müsste man die gesamte Bevölkerung vor Ihnen warnen!«

»Ich war das diesmal aber nicht!«, rechtfertigt sich der Hauptkommissar, sichtlich amüsiert über die unfreiwillige Komik der Pathologin. »Das waren die beiden da!«, zeigt er schmunzelnd auf Chrissie und Wolfgang.

»Nun gut, kommen wir dann also zu Ihnen!«, wendet de Luca sich den feixenden Kommissaren zu. »Sie können mir doch sicher die ungefähre Uhrzeit nennen, zu der Sie die Tote fanden?«

Da der Blick zur Uhr gewissermaßen automatisch erfolgt, wenn polizeiliche Ermittler an einem solchen Ort ankommen, kann Müller ihr diese Frage sogar auf die Minute beantworten.

»Das war demnach vor ziemlich genau einer Dreiviertelstunde«, nickt die Pathologin. »Es dürfte Sie vielleicht interessieren, dass der Tod infolge innerer Blutungen vor längstens einer Stunde eintrat«, werden die geschockten Kommissare schonungslos mit der bitteren Erkenntnis konfrontiert, nur um wenige Minuten zu spät am Unfallort angekommen zu sein.

»Sie ist also verblutet?«, hakt Denise Malowski an dieser Stelle ein. »Demnach wurde ihr die tödliche Wunde nicht hier beigebracht, sondern irgendwann vorher? Können sie uns auch den ungefähren Zeitpunkt nennen, wann das gewesen ist?«

»Dazu kann ich erst etwas sagen, wenn die Leiche auf meinem Seziertisch liegt. Aufgrund der Schwere der Verletzung, der sich im Inneren des Körpers angesammelten Blutmenge, und einigen weiteren Parametern werde ich diesbezüglich sicher eine einigermaßen exakte Aussage machen können. Wenn Sie mich jetzt entschuldigen würden? Ich habe heute noch andere Termine! Ach übrigens«, wendet sie sich abschließend eher beiläufig an Chrissie Ohlsen und Wolfgang Müller: »Was ist eigentlich aus dem Kind geworden?«

* * *

Einige Stunden später

»Es ist sicher leicht vorstellbar, dass es uns allen eiskalt den Rücken herunterlief, als Doktor de Luca ein Kind erwähnte, welches sich an Bord befunden haben soll«, erinnert sich Tobias Heller schaudernd. Er hatte aus gegebenem Anlass kurz vor Feierabend erneut zu einer kleinen Fallbesprechung eingeladen.

»Im Eifer des Gefechts hatte keiner von uns dem Kindersitz auf der Rücksitzbank mehr als einen Blick geschenkt«, ergänzt Denise Malowski. »Der Größe gemäß tippe ich auf ein Kleinkind von allerhöchstens zwei Jahren, das darin gesessen haben muss. Doch alles, was wir fanden, war eine Babydecke. Es befand sich etwas Blut daran, welches aber wahrscheinlich von der Mutter hinterlassen wurde.«

»Das wird die forensische Untersuchung klären«, hakt Donner diesen Punkt vorläufig ab. »Und ihr seid euch sicher, dass das Kind auf der Fahrt dabei war?«

»Auf die Babydecke ist in einer schönen Handarbeit ›Nicklas‹ gestickt«, antwortet Denise versonnen und ihr Blick scheint in weite Ferne zu gehen. Nur Eingeweihte wissen, dass dieser Name seinerzeit für ihr eigenes Kind neben ›Noah‹ ebenfalls zur Auswahl gestanden hatte, wäre es ein Junge geworden. »Ob er bei *dieser* Fahrt mit an Bord war, können wir selbstverständlich nicht mit Sicherheit sagen«, besinnt sie sich dann wieder auf das Wesentliche. »Im Allgemeinen wird so ein Kindersitz ja nicht ständig ein- und ausgebaut!«

»Wir können uns auch ehrlich gesagt nicht so recht erklären, wie ein so kleines Kind ohne fremde Hilfe aus dem Fahrzeug gekommen sein soll«, wendet Chrissie Ohlsen ein, die mit ihrem Partner immerhin zuerst am Unfallort war. »Die Fahrertür ließ sich überhaupt nicht öffnen und die auf der Beifahrerseite erst, nachdem Wolfgang den Wagen ein Stück zurückgeschoben hatte. Das Seitenfenster war zwar heruntergelassen, aber ich kann mir beim besten Willen nicht vorstellen, wie der Junge aus dem Sitz gekommen sein soll, wo er doch bestimmt angeschnallt war, um anschließend einfach so aus dem Fenster zu klettern!«

»Dann saß er entweder gar nicht drin, oder da war noch eine weitere Person außerhalb des Fahrzeugs«, überlegt der Kommissariatsleiter und fixiert dabei Jürgen Vogel. Der Leiter der KTU schüttelt aber nur den Kopf.

»Der Boden rund um die Unfallstelle war total zertrampelt!«, entrüstet er sich. Forensiker mögen es nicht besonders, wenn wertvolle Spuren vernichtet werden, auch wenn dies im Rahmen von Rettungsmaßnahmen unvermeidlich ist. »Was davon Fremdspuren sein könnten, und was unsere eigenen Leute dazu beigetragen haben, kann niemand mehr sagen! Am und im Auto wurden dafür haufenweise Fingerabdrücke sichergestellt. Es wird eine Weile dauern, die alle zu ordnen, zumal wir zuerst die der ›üblichen Verdächtigen‹ aussortieren müssen«, brummt er mit einem unfreundlichen Seitenblick zu den Ermittlern. »Zum Glück haben wir sie aus exakt diesem Grund seit Jahren in unserer Kartei!«

»Konntet ihr irgendwelche technischen Manipulationen an dem Fahrzeug nachweisen, die eventuell zu dem Unfall geführt haben könnten?«, erkundigt sich Donner nach dem Naheliegendsten. »Defekte Bremsleitungen zum Beispiel?«

»Negativ. Das Auto war dem Augenschein nach bei Fahrtantritt in einem verkehrssicheren Zustand. Die fehlenden Bremsspuren sind daher dem Kontrollverlust der Fahrerin zuzuschreiben, den die Rechtsmedizinerin annimmt. Es ist dabei allein einem glücklichen Umstand zu verdanken, dass der Wagen bei der vermuteten Geschwindigkeit von 60 km/h nicht vollständig geschrottet wurde. Den Reifenspuren gemäß rollte er nämlich zwischen mehreren Baumgruppen hindurch, bevor er mit einem der Bäume kollidierte. Infolge des holperigen Untergrundes wurde die Fahrt auf dem Weg dorthin wahrscheinlich auf ein erträgliches Maß reduziert.«

»Ich habe soeben ein Update erhalten!«, meldet Tobias Heller, nachdem er kurz seine E-Mail gecheckt hat. »Die noch am Unfallort unverzüglich angeforderte Hundestaffel hat nach stundenlanger Suche im Umkreis von mehr als einem Kilometer bisher kein herumirrendes Kind gefunden, schreibt deren Leiter. Eine wesentlich größere Strecke kann ein Zweijähriger sicher kaum alleine bewältigt haben. Die K-9 ist aber natürlich noch vor Ort und wird den Suchradius in den kommenden Stunden weiter ausdehnen.«

»Der Name des Unfallopfers soll an dieser Stelle nicht unerwähnt bleiben«, ergreift Denise Malowski erneut das Wort. »Sie hatte zwar keine Papiere bei sich, was womöglich einem überhasteten Aufbruch geschuldet war, aber wir haben natürlich gleich vor Ort eine Halterfeststellung machen lassen. Das Fahrzeug ist auf eine Nadine Kemper aus Neunkirchen-Seelscheid zugelassen. Auf ein Klingeln öffnete uns niemand, aber ein Schlüssel, den wir im Handschuhfach fanden, passte auf die Wohnungstür. Wir haben uns kurz dort umgeschaut. Sie scheint dem Anschein nach allein gewohnt zu haben, und ein Kind gab es da auch nicht!«

»Das Rätsel des verschwundenen Jungen werden wir heute wohl nicht mehr lösen können!«, bestimmt Donner. »Macht jetzt Feierabend, gleich morgen früh werdet ihr zu seiner Mutter recherchieren, was die Datenbanken hergeben! Auch über das Kind müssen wir so viel wie möglich in Erfahrung bringen. Vor allem will ich wissen, wer der Vater ist! Nicht nur, dass dieser durchaus als Täter infrage kommt, der Kleine könnte sich ja bei ihm aufhalten! Jürgen, dich möchte ich bitten, deine fähigsten Mitarbeiter zu der Wohnung in Neunkirchen-Seelscheid zu schicken. Sie sollen die Bude notfalls auf links drehen, irgendwo *muss* es Hinweise zum Verbleib des Jungen geben! Das Gebot der Stunde lautet daher: Findet Nicklas! Alles andere hat dahinter jetzt zurückzustehen!«

Kapitel 3

Dienstag, 9. März, 09:31 Uhr

Die niederschmetternde Nachricht erhielten die Ermittler gleich zum heute überpünktlichen Dienstbeginn: Die Hundestaffel hatte gestern noch bis in die tiefe Nacht hinein ein viele Hektar großes Areal rund um den Unfallort abgesucht und um Mitternacht den Einsatz abgebrochen. Ihre Ausbeute bestand allenfalls aus unzähligen aufgescheuchten Hasen, Igeln und anderen Kleintieren. Ein zweijähriges Kind war aber nicht gefunden worden, nicht einmal ein weggeworfener oder verlorener Teddy.

Die himmelblaue Babydecke, die unter Wahrung sämtlicher Vorsichtsmaßnahmen zur Vermeidung von Verunreinigungen als Duftprobe für die Hunde gedient hatte, befindet sich jetzt in der Forensik, wo sie von den Spezialisten in aller gebotenen Eile auf genetische Spuren untersucht wird. Dabei ist nicht nur das Blut von Interesse. Die im Speichel enthaltene DNA des Kindes, die sich reichlich darauf finden lassen sollte, ist ebenfalls von Belang.

Einerseits, um einen Bezug zum Vater zu erhalten, sobald ein passender Kandidat ermittelt wurde, aber natürlich auch, weil eine zugegebenermaßen minimale Wahrscheinlichkeit dafür besteht, dass die Fahrerin des Unfallautos gar nicht die Mutter des Jungen war, sondern dass Nicklas im Gegenteil friedlich zu Hause in seinem Bettchen schlummert. Man klammert sich in dieser verfahrenen Situation eben an jeden noch so dünnen Strohhalm.

»Ist dir Denises Gesichtsausdruck aufgefallen, als die Rede von dem kleinen Nicklas war? Da kommen eindeutig Mutterinstinkte zum Vorschein«, bemerkt Wolfgang Müller lächelnd, als er in einer Schublade des Kleiderschranks im Schlafzimmer saubere und sorgfältig gefaltete Babysachen entdeckt. Diese und das dazugehörige Bettchen in der Zimmerecke lassen die Hoffnung, dass die tödlich verunglückte Nadine Kemper eventuell gar kein eigenes Kind hat, nahezu auf null schrumpfen.

»Denise trägt sich schon eine ganze Weile mit dem Gedanken an ein Geschwisterchen für Leonie«, plaudert Chrissie Ohlsen aus dem Nähkästchen. Sie ist privat mit der Hauptkommissarin eng befreundet und weiß daher auch um die besondere Bedeutung, die der Name Nicklas für sie persönlich hat. »Aber in der derzeitigen Situation scheut sie davor zurück und sie wird am kommenden Sonntag immerhin vierzig. Das nagt schon irgendwie an ihr, auch wenn sie es sich nicht anmerken lässt!«

»Die überall vorhandenen Hinweise auf ein Kleinkind müssen Denise und Tobias bei ihrem gestrigen Besuch doch ebenfalls geradezu ins Auge gesprungen sein«, wundert sich Wolfgang. »Ich kann mich aber beim besten Willen nicht daran erinnern, dass sie auf der Besprechung diesbezüglich etwas gesagt haben!«

»Dass sie es nicht erwähnt haben, heißt ja nicht automatisch, dass es unbemerkt geblieben ist. Denise sagte lediglich, dass hier kein *Kind* war, als sie sich in der Wohnung umgesehen haben. Sie scheint mir momentan aber auch nicht gerade sehr objektiv in dieser Angelegenheit zu sein!«

Das Losglück traf auf einer kurzen Einsatzbesprechung heute Morgen sie und ihren Partner, weshalb sie mit den von Jürgen Vogel abgeordneten Forensikern nach Neunkirchen-Seelscheid zur Unterkunft des Unfallopfers gefahren sind. Denise Malowski, Tobias Heller und Horst Weiland sind diesmal im Kommissariat geblieben und tragen alles zusammen, was auf die Schnelle über die Wohnungsinhaberin in Erfahrung zu bringen ist.

Im Wohnzimmer finden sie einen der Tatortermittler vor, der mit einer UV-Lampe und einer Sprühflasche Luminol bewaffnet auf allen vieren auf dem Teppich herumrutscht. Selbst für sie als Laien sind die grell reflektierenden Flecken im Widerschein der Spezialleuchte deutlich zu erkennen. »Ist das Blut?«, fragt Chrissie den Fachmann dennoch neugierig.

»Das will ich doch wohl meinen!«, gibt dieser mit wichtiger Miene zurück. Mit ihm hatten sie es bislang noch nicht zu tun. »Nur Blut hat unter Mitwirkung dieses Zaubermittelchens im UV-Licht eine solche Wirkung! Es sind zwar nur ein paar Flecken, aber zu viele und zu umfangreich für einen simplen Haushaltsunfall. Sie könnten daher einen Hinweis darauf geben, dass der Messerangriff in dieser Wohnung stattgefunden hat. Eine DNA-Analyse wird uns darüber sicher bald Klarheit verschaffen!«

»Das hier nehmen wir auf jeden Fall mit!«, wendet sich Wolfgang an Chrissie und hält ihr ein gerahmtes Foto hin, das er auf einer Kommode gefunden hat. Es zeigt einen süßen kleinen pausbäckigen Jungen, der glücklich in die Kamera lacht. »Darf ich vorstellen: Das ist Nicklas!«, fügt er überflüssigerweise hinzu.

»Ach, der ist ja sowas von niedlich!«, entfährt es ihr mit einem verdächtigen Glitzern in den Augen. »Na, wenn Denise das zu sehen bekommt, ist sie ganz bestimmt endgültig von der Rolle. Aber du hast recht, mit der Fotografie können wir eine Befragung durchführen und/oder einen Aufruf im Internet starten.«

In diesem denkwürdigen Augenblick kommt der zweite Forensiker zur Wohnungstür hereingestürmt, offenbar hatte er sich draußen vor dem Haus umgesehen. In der Hand hält er einen Spurensicherungsbeutel, den er ihnen triumphierend entgegenstreckt. Und darin ist deutlich ein großes, blutbeschmiertes Küchenmesser zu erkennen!

»Ich habe vermutlich die Tatwaffe gefunden«, meldet er seinem Kollegen und den Ermittlern freudestrahlend den Erfolg seiner Bemühungen. »Sie war in eine Plastiktüte eingewickelt und lag in einer der Mülltonnen vor dem Nachbarhaus!«

* * *

»Was haben wir bisher, Tobi?« Denise Malowski setzt ihre halbvolle Kaffeetasse ab und schaut auf die Uhr. Ihr untrügliches Zeitgefühl hat sie auch diesmal nicht getäuscht: In einer knappen halben Stunde ist Mittag, aber zunächst will sie die gemeinsam erarbeiteten Ermittlungsergebnisse mit ihrem Partner erörtern, um auf der für den Nachmittag anberaumten Fallbesprechung die gewohnte Einigkeit präsentieren zu können. Ihre Frage war eher rhetorisch und dient als Einleitung für eine Zusammenfassung der dürftigen Erkenntnisse dieses Vormittages. Tobias Heller schaut sie daher lediglich auffordernd an.

»Bei dem Unfallopfer handelt es sich um die achtundzwanzigjährige Arzthelferin Nadine Kemper«, fährt die Kollegin deshalb auch gleich fort. »Wohnhaft und polizeilich gemeldet Kotthausener Straße 57 in einem kleinen Nebenort südlich des Ortskerns von Neunkirchen-Seelscheid, das wussten wir ja bereits durch unseren gestrigen Besuch in ihrer Wohnung. Dorthin ist sie mit ihrem damals einjährigen Sohn Nicklas vor vierzehn Monaten aus dem Nachbarort Lohmar zugezogen. Davor wohnte sie aber schon einmal für länger in Neunkirchen-Seelscheid. Verheiratet ist sie nicht und über den Kindsvater ist uns bisher überhaupt nichts bekannt. Ihre Eltern sind vor ein paar Jahren nach Kanada ausgewandert und waren aufgrund des Zeitunterschiedes bislang telefonisch nicht zu erreichen. Andere lebende Verwandte scheint es nicht zu geben. Habe ich etwas vergessen?«

Tobias fixiert sie einige Sekunden lang nachdenklich. Denise versucht es zwar zu überspielen, aber ihre starke emotionale Beteiligung an der Sache ist für ihn nicht zu übersehen. Dafür kennt er sie lange genug, und ihm ist selbstverständlich auch nicht entgangen, auf welche Weise sie das Kinderfoto in der Wohnung der Mutter angesehen hatte. »Das solltest du nicht so nah an dich herankommen lassen«, gibt er ihr behutsam einen freundschaftlichen Rat.

»Ich weiß!« Sie stößt einen abgrundtiefen Seufzer aus. »Das Schicksal des Jungen geht mir halt ziemlich an die Nieren. Ich habe die ganze Nacht kein Auge zugetan, weil ich immerzu daran denken musste, dass Nicklas zur selben Zeit womöglich irgendwo mutterseelenallein im finsteren Wald herumirrt oder ihm gar etwas Schlimmes zugestoßen ist. Er ist doch noch so winzig!«

»Das Kind muss sehr bald gefunden werden, das ist uns allen vollkommen klar!«, stimmt er ihr vorbehaltlos zu. »Aber dafür benötigen wir vornehmlich deinen *ungetrübten* analytischen Verstand und keine unangebrachten Muttergefühle! Mit Professionalität ist dem Kleinen momentan am meisten geholfen!«

Selbstverständlich weiß Tobias ebenso wie seine derzeit hormongesteuerte Kollegin, dass ihnen förmlich die Zeit davonrennt. Nach den jetzt beinahe vierundzwanzig Stunden, die seit dem Unfall vergangen sind, ist statistisch gesehen kaum noch mit einem glücklichen Ausgang zu rechnen, zumal die Nächte in dieser Jahreszeit recht kalt sein können. Ihrer aller Hoffnung beruht daher eher darauf, dass Nicklas bei seinem Vater ist, oder eine barmherzige Seele ihn im Wald aufgelesen und unter ihre Fittiche genommen hat. Doch wie soll man das auf die Schnelle herausfinden beziehungsweise ausschließen?

»Wir fahren gleich im Anschluss an die Dienstbesprechung zu Nadine Kempers vorheriger Wohnung nach Lohmar und hören uns in der Nachbarschaft gründlich um«, schlägt er begütigend vor. »Da sind wir zeitmäßig über ein Jahr näher an der Geburt des Jungen dran und finden vielleicht noch jemanden, der seinen möglichen Vater kennt. Dann sind wir eventuell schon ein gutes Stück weiter! Und wenn das nichts bringt, fragen wir ihren Arbeitgeber und die Kollegen, falls es welche gibt. Na, was hältst du davon?«

Ihr Gesicht hellt sich sofort merklich auf. Bevor sie sich jedoch zu seinen aufmunternden Worten äußern kann, klingelt das Diensttelefon auf ihrem Schreibtisch. »Malowski?«, meldet sie sich stirnrunzelnd, als sie eine bekannte Bonner Nummer auf dem Display sieht. »Ah, Frau Doktor de Luca! Warten Sie bitte einen kleinen Augenblick. Ich stelle den Lautsprecher an, dann kann mein Kollege gleich mithören.«

»Ich habe wenig Zeit!«, ertönt eine Sekunde später die markante Stimme der Rechtsmedizinerin. Sie klingt etwas gehetzt, offenbar ist die Pathologie wie immer ausgelastet. Mehr als zwei oder drei Autopsien pro Zwölf-Stunden-Tag sind ohnehin kaum zu bewältigen, zumal anschließend Berichte verfasst werden müssen und oft auch noch zusätzlich Gewebeproben zu untersuchen sind. Ohne ihre Assistentin wäre das Pensum wahrscheinlich überhaupt nicht zu schaffen.

»Ich will mich daher für jetzt auf das Wesentliche beschränken«, fährt sie atemlos fort. »Einen ausführlichen Bericht mit der DNA-Analyse erhalten Sie wie immer per Post. Ich habe die Untersuchung des Gerippes abgeschlossen, wobei sich meine erste Aussage zur Todesursache umfänglich bestätigt hat. Der Mann wurde definitiv erschlagen, und zwar mit einer Spitzhacke, um genau zu sein. Form und Größe der Wunde treffen jedenfalls auf kein anderes mir bekannte Werkzeug zu. Aufgrund der chemisch-biologischen Zusammensetzung der Erde, in der die Knochen gelegen haben, bin ich zu der recht genauen Einschätzung gelangt, dass der Leichnam vor etwa drei, längstens vier Jahren dort vergraben wurde.«

»Haben Sie vielen Dank für die schnelle Arbeit, Frau Doktor de Luca«, beeilt sich Tobias Heller, zu sagen. »Sie haben uns damit wirklich sehr geholfen! Können Sie eventuell auch etwas zum biologischen Alter des Mannes aussagen, wenigstens ungefähr?«

»Das ist naturgemäß allein anhand der Knochensubstanz äußerst schwer zu beurteilen«, tönt es aus dem Lautsprecher. »Die Handwurzelknochen sind jedoch vorhanden und vollständig ausgebildet. Diese bestehen in der Jugend aus Knorpel und hätten sich deshalb im Zuge der Verwesung längst aufgelöst, weswegen man von einem Lebensalter zum Zeitpunkt des Todes von deutlich *über* achtzehn Jah-

ren ausgehen kann. Anhand des guten Gesamtzu-
standes der Knochen und vor allem des Rückgrates
gehe ich von einem geschätzten Alter von maximal
Mitte bis Ende zwanzig aus, als der Mann getötet
wurde.«

* * *

In einer zwar kurzen, dafür aber umso lebhafter
geführten Diskussion im Anschluss an das Telefonat hatte sich Tobias nur allzu bereitwillig von
seiner Partnerin davon überzeugen lassen, dass die
Dringlichkeit der Angelegenheit keinerlei Aufschub
mehr duldet. Außerdem seien die Knochen bereits
vor etlichen Jahren vergraben worden, doch der
Junge befände sich *jetzt* womöglich in akuter Le-
bensgefahr.

Sollten Chrissie und Wolfgang tatsächlich wertvolle Informationen über den Verbleib des kleinen
Nicklas von ihrem Ausflug mitbringen, so argu-
mentierte Denise leidenschaftlich, würde der Chef
schon das Richtige damit anzufangen wissen und
sie beide erführen es noch früh genug, sobald sie
wieder im Kommissariat seien. Sie waren deshalb
nach einem hastig in der Kantine eingenommenen
Imbiss in aller Eile sofort aufgebrochen, ohne erst
die Rückkehr der Kollegen abzuwarten.

Die etwa acht Kilometer bis zu ihrem Ziel am
nördlichen Stadtrand Lohmars waren in weniger
als einer Viertelstunde bewältigt und so stehen
Denise und Tobias jetzt vor einem jener verkomme-
nen Wohnsilos, die in der zweiten Hälfte des ver-

gangenen Jahrhunderts wie Pilze aus dem Boden geschossen waren und bei polizeilichen Ermittlern zugleich beliebt und gefürchtet sind.

Einerseits leben in solchen ›Mietskasernen‹ notgedrungen viele Menschen auf engstem Raum beieinander, was zwar einen wahren Quell an Auskünften erwarten lässt, andererseits wurden die Bewohner aber meist vom Schicksal nicht eben begünstigt und begegnen daher insbesondere Vertretern der Polizei oftmals voller Misstrauen. Im Grunde bilden soziale Brennpunkte wie dieser sogar eine eigene kleine Welt für sich.

»Na, ob wir hier etwas erfahren …?«, bringt Denise die hinreichend bekannte Problematik solcher Lokalitäten bezüglich polizeilicher Ermittlungen auf den Punkt und lässt ihren Blick zweifelnd über die wenig attraktive Fassade des achtgeschossigen Wohnhauses gleiten. Unmittelbar vor dem Gebäude zeugen hoffnungslos überfüllte Container von einem immensen Müllaufkommen seitens der Bewohner, aber wenigstens liegt, von ein paar Plastikbechern einmal abgesehen, kein Abfall herum, wie es in Gegenden wie dieser leider nicht selten der Fall ist.

»Ach was, irgendeine freundliche, extrem neugierige, und vor allem alleinstehende ältere Dame gibt es immer, und du weißt, dass ich bei denen einen Schlag habe!«, grinst Tobias selbstsicher und legt seinen Finger entschlossen auf eine der immerhin beschrifteten Klingeln für das Erdgeschoss.

* * *

»Das ›*dynamische Duo*‹ ist vorhin nach Lohmar zu der Wohnung aufgebrochen, in der Nadine Kemper vorher gewohnt hat«, informiert Donner die verbliebenen Mitarbeiter zu Beginn der Dienstbesprechung. Anschließend gibt er ihnen eine Zusammenfassung der Ermittlungsergebnisse, die Tobias ihm vor der Abfahrt zu diesem Zweck in schriftlicher Form überlassen hatte. Jürgen Vogel ist ebenfalls anwesend und wartet mit dem üblichen gelangweilten Gesichtsausdruck auf seinen Einsatz. Sein Metier ist die forensische Spurenanalyse. Kriminalistische Schlussfolgerungen hingegen sind ihm ein Rätsel, doch ohne die Arbeit von seinesgleichen wären sie nicht möglich.

»Das deckt sich mit unseren eigenen Recherchen«, übernimmt es Chrissie Ohlsen, von ihrem Einsatz in Neunkirchen-Seelscheid zu berichten. »Laut Mietvertrag bewohnte Nadine Kemper diese Wohnung seit Januar letzten Jahres, und eine Nachbarin sagte uns, dass sie alleine, nur in Begleitung eines etwa einjährigen Kindes eingezogen sei. Von einem Freund oder Lebensgefährten wusste die Frau aber nichts.«

»Wir fanden weiterhin eine Geburtsurkunde auf den Namen Nicklas vom 4. Dezember 2018«, ergänzt Wolfgang Müller die Ausführungen seiner Partnerin. »Er ist demnach jetzt zwei Jahre und drei Monate alt. Ein Vater war nicht angegeben. Außerdem haben wir ein aktuelles Foto von dem Kind mitgebracht. Ich dachte, dass wir damit einen Aufruf in der Zeitung und auf unserer Internetseite starten könnten.«

»Ein wenig merkwürdig ist in diesem Zusammenhang die Adresse, wie ich finde«, bringt Chrissie mit nachdenklicher Miene vor, als sei ihr dieser Gedanke gerade erst gekommen. »Die Brandruine, die wir uns gestern angesehen haben, liegt nämlich in derselben Straße und keine hundert Meter von ihrer Wohnung entfernt!«

»Meinst du die zunächst unleserliche Adresse auf dem Zettel, den wir bei dem Skelett fanden und die Amara für uns restaurieren konnte?«, hakt Donner mit hochgezogenen Augenbrauen nach. »Was soll die denn damit zu tun haben? Vielleicht ist das ja nur wieder so ein dummer Zufall. Sagtest du mir nicht gestern erst, dass es eine Straße mit diesem Namen ebenfalls in Königswinter gibt?«

»Das ist richtig, Chef. Wir hatten nur gedacht, dass die Adresse in der Nähe des Skeletts irgendwie logischer gewesen wäre. Sollen wir uns in Königswinter denn auch einmal umschauen?«

»Momentan fehlt uns dafür leider die Zeit«, schüttelt der Kommissariatsleiter erwartungsgemäß den Kopf. »Den Jungen zu finden hat derzeit oberste Priorität, deshalb werde ich Wolfgangs Vorschlag bezüglich der Aufrufe in den Tageszeitungen und im Internet sofort in die Tat umsetzen. Wenn jemand mit einem Kind seines Alters gesehen wurde, ist das vielleicht aufgefallen!«

»Machen wir uns doch nichts vor!«, meldet sich Horst Weiland, selbst Vater eines kleinen Jungen, erstmals zu Wort. Seine Stimme klingt belegt. »Wenn Nicklas sich während des Unfalls an Bord befand und sich in der Zwischenzeit niemand um ihn gekümmert hat, lebt er höchstwahrscheinlich nicht mehr! Außerdem dürfen wir bei aller berechtigten Sorge um ein hilfloses Kind nicht vergessen, dass mit dem tödlichen Messerangriff auf die Mutter eine Straftat begangen wurde, die es aufzuklären gilt!«

»Das werde ich ganz gewiss nicht aus den Augen verlieren, Horst!«, knurrt Donner aggressiv. Ihm geht dieser Fall sichtlich an die Nieren. »Doch wenn das Kind im Auto saß, ist es nun entweder in der Obhut oder in der Gewalt eines uns unbekannten Menschen, der zudem vermutlich für den Tod seiner Mutter verantwortlich ist! Denn *alleine* kann ein Zweijähriger unmöglich den Gurt gelöst haben und aus dem Wagen herausgeklettert sein. Die alles entscheidende Frage ist, *welche* der beiden Möglichkeiten zutrifft! Ihr habt das Auto doch kurz vorher auf dem Weg nach Neunkirchen-Seelscheid gesehen«, wendet er sich an Chrissie Ohlsen. »Ist euch da vielleicht ein weiteres Fahrzeug aufgefallen, das diesem womöglich gefolgt sein könnte? Eines, das es verdächtig eilig hatte?«

»Da kam uns wenig später tatsächlich einer mit überhöhter Geschwindigkeit entgegen«, erinnert sich Müller nach kurzem Nachdenken. »Doch wer achtet da schon groß drauf? Wir konnten zu dem Zeitpunkt ja noch gar nicht wissen, dass da etwas passiert war. Eine Automarke oder sogar ein Kennzeichen kann ich dir jedenfalls nicht nennen, falls du darauf hoffst.«

»Wenn ich es mir recht überlege, ist es allerdings merkwürdig, dass der andere Fahrer das nicht mitbekommen haben soll!«, ergänzt seine Partnerin. »Ich meine, *wir* waren ja hinter der Kurve schon außer Sichtweite, *er* dagegen fuhr in die Gegenrichtung, also dem Unfallfahrzeug hinterher. Ich kann eine weitere erwachsene Person in dem Unfallauto aber definitiv ausschließen. Da war nur die Fahrerin.«

»Es gab also niemand, der mit im Auto saß und das Kind nachher einfach mitgenommen haben könnte«, sinniert Donner. »Außer natürlich, die Mutter wurde tatsächlich verfolgt, was jedoch aufgrund des vorher erfolgten tätlichen Angriffs nicht einmal unwahrscheinlich ist. Aber das werden wir wohl so schnell nicht beweisen können, fürchte ich. Dann bleibt für heute eigentlich nur noch der Bericht der Forensik«, gibt er deren Leiter mit einem auffordernden Kopfnicken zu verstehen, dass seine Stunde jetzt endlich gekommen ist.

»Dazu ist zum jetzigen Zeitpunkt noch nicht viel zu sagen«, äußert sich Vogel, während er mit einer Hand die Lesebrille aufsetzt und mit der anderen seinen Notizblock aus der Tasche zieht. »Ob das Blut an der mutmaßlichen Tatwaffe vom Opfer stammt, wird die DNA-Analyse zeigen, die ich jedoch bereits in Auftrag gegeben habe. Das gilt natürlich ebenfalls für die Flecken auf dem Teppich. Die Blutgruppe stimmt jedenfalls überein. Außerdem habe ich mit unserem funkelnagelneuen 3D-Drucker ein gleichgroßes Modell des Messers angefertigt und in die Rechtsmedizin geschickt. Doktor de Luca wird uns nach der Leichenschau sicher sagen können, ob es zur Verletzung passt. Wesentlich interessanter dürfte für euch ein gut erhaltener Daumenabdruck sein, der neben den Fingerabdrücken des Opfers auf dem Messergriff sichergestellt wurde. Einen Datenbankabgleich haben wir aus Zeitgründen noch nicht durchführen können, aber ihr Kriminalen müsst ja auch etwas zu tun haben«, grinst er in die Runde.

»Sowas machen wir doch mit links!«, wirft Donner ironisch ein. »Und weiter?«

»Außerdem fanden wir erwartungsgemäß haufenweise Fingerabdrücke in der Wohnung, die aber nach erster Einschätzung nur zum Teil vom Opfer stammen. Wir sind momentan noch damit beschäftigt, sämtliche Spuren miteinander zu vergleichen, wobei selbstverständlich auch die am Unfallfahrzeug mit einbezogen werden. Ich bitte euch daher um ein paar Tage Geduld!«

»Wie ich dich kenne, war das aber nicht alles«, vermutet Donner mit einiger Berechtigung. Vogel ist schließlich allseits dafür bekannt, brisante Informationen gerne bis zum Schluss zurückzuhalten, um die Spannung zu erhöhen. »Da kommt doch bestimmt noch was!«

»Diesmal nicht!«, gibt der Forensiker mit einem hintergründigen Lächeln zurück und steckt demonstrativ Brille und Notizblock ein. »Dafür habe ich euch vorhin eine Liste der Kleinteile in die Post gelegt, die meine Leute am ersten Leichenfundort gestern in wahrer Sisyphusarbeit aus der Erde gesiebt haben«, bequemt er sich dann doch noch zu einer Ergänzung. »Selbstverständlich ist alles mit

Fotos belegt. Etwas Ungewöhnliches scheint mir nicht dabei zu sein, ihr könnt euch die Sachen aber gerne selbst in der KTU anschauen!«

»Was hältst du denn davon, wenn Wolfgang und ich uns gleich anschließend im Umfeld der vorherigen Wohnung von Nadine Kemper umhören?«, schlägt Chrissie Ohlsen ihrem Chef vor. »Ich meine natürlich die, in der sie wohnte, *bevor* sie nach Lohmar umzog. Dort hielt sie sich bekanntlich nur ein knappes Jahr auf, und Nicklas wurde ja kurz vorher geboren. Sofern es überhaupt irgendwo Informationen zu seinem Vater gibt, dann doch wohl eher in der ganz alten Wohnung in Neunkirchen-Seelscheid! Wir würden enorm viel Zeit sparen für den Fall, dass Denise und Tobias keinen Erfolg haben!«

»Das ist ein vortrefflicher Gedanke«, lobt Donner sie nach einem Blick zur Uhr. »Macht euch am besten sofort auf den Weg, die Besprechung ist ohnehin vorbei. Und achtet auf den Verkehr!«, ruft er den bereits davoneilenden Ermittlern hinterer. »Horst, du lässt dir von Jürgen den erwähnten Daumenabdruck aushändigen und gleichst diesen mit der BKA-Datenbank ab. Vielleicht haben wir ja ausnahmsweise mal Glück und erfahren den dazugehörigen Namen!«

* * *

Tobias lag mit seiner Einschätzung wieder einmal goldrichtig: Schon beim zweiten Versuch geraten sie tatsächlich an eine achtundsiebzigjährige, alleinstehende Hausbewohnerin, die haargenau dem von ihm heraufbeschworenen Charakterbild entspricht. »Und ich darf Ihnen wirklich keine Tasse Kaffee oder ein Glas Limonade anbieten?«, fragt Hildegard Jankowski vorsorglich noch einmal höflich nach, bevor sie sich endlich zu den Kommissaren an den Tisch setzt.

»Nein, danke«, winkt Denise erneut lächelnd ab. »Sie sagten vorhin, dass Sie sich gut an Frau Kemper und ihr Kind erinnern können. Wissen Sie auch, ob sie einen Freund hatte?«

»Ich weiß sogar noch sehr genau, wie die beiden eingezogen sind«, lächelt Frau Jankowski versonnen. »Der kleine Nicklas war gerade ein paar Wochen alt und richtig niedlich! Ich habe ja leider selbst keine Enkelkinder, und wer würde sich nicht an ein so süßes Kind erinnern? Einen Freund gab es nicht, und es kam auch niemals einer zu Besuch, wenn Sie das meinen! Sie sagte mir aber einmal, dass der Vater des Jungen sie vor der Geburt verlassen hatte. Sie schien sehr traurig darüber zu sein und das war wohl der eigentliche Grund dafür, dass sie die gemeinsame Wohnung schweren Herzens aufgegeben hatte und hierher nach Lohmar zog. Dort gab es einfach zu viele Erinnerungen an ihn.«

»Nannte sie Ihnen auch den Namen?«, fragt Tobias lauernd und beugt sich erwartungsvoll vor. Für diese Auskunft sind sie schließlich in erster Linie hierhergekommen! Voller Spannung erwartet er daher ihre Antwort.

»Den von dem Freund?«, erfolgt die Reaktion der alten Dame nach einer gefühlten Ewigkeit, in der man eine Stecknadel hätte fallen hören. Objektiv sind jedoch nur Sekunden vergangen. »Nein, das tut mir leid, Herr Kommissar!« Hildegard Jankowski legt ihre Stirn womöglich in noch mehr Falten, als ohnehin schon vorhanden sind, und schüttelt den Kopf. »Den Namen von dem Freund erwähnte sie ganz bestimmt nicht, daran würde ich mich sicher erinnern!«

* * *

»Diesen Namen höre ich heute zum ersten Mal!«, wundert sich Chrissie Ohlsen in derselben Sekunde über die soeben von einer früheren Nachbarin erhaltene Information. Viel war es zwar nicht, was Frau Weber, eine matronenhafte Witwe in den Vierzigern, zu berichten wusste. Daran, dass Nadine Kemper während der Zeit, die sie hier wohnte, ein Baby zur Welt gebracht hatte, konnte sie sich aber sehr wohl erinnern. Auch an den Mann, mit dem die junge Frau die Wohnung geteilt hatte, und der ein paar Monate vor der Niederkunft sozusagen über Nacht spurlos verschwunden war.

»Der wird wohl das Weite gesucht haben, als er von der Schwangerschaft erfuhr«, hatte Silke Weber mit jenem wissenden Gesichtsausdruck vorgebracht, der vor allem Anhängern abstruser Verschwörungstheorien zu eigen ist. Den Namen des verschollenen Lebensgefährten und mutmaßlichen Erzeugers des Kindes wusste sie hingegen von dem Klingelschild an der Tür, das mit »Holm/Kemper« beschriftet war, und Nadine ihn einmal in ihrer Gegenwart Dennis genannt hatte.

Die Verwunderung der Kommissarin bezieht sich vornehmlich auf die verstörende Tatsache, dass an keiner der Adressen, an denen Nadine Kemper sich in den vergangenen zehn Jahren aufgehalten hatte, ein Dennis Holm bekannt war. Bei Recherchen dieser Art werden selbstverständlich ebenfalls alle Personen überprüft, die im selben Haus wohnen und altersmäßig für eine Partnerschaft infrage kommen.

»Wir sollten als Erstes herauszufinden versuchen, was aus diesem Dennis Holm geworden ist«, denkt Wolfgang Müller an das Naheliegende und zückt sein Handy, um eine telefonische Meldeauskunft einzuholen. Von der schwatzhaften Nachbarin hatten sie immerhin erfahren, dass dieser etwa im selben Alter war wie seine Freundin, was die Anzahl der möglichen Zielpersonen etwas reduzieren sollte.

»Es gibt nur einen einzigen erfolgversprechenden Treffer!«, meldet er seiner Partnerin wenig später mit zufriedener Miene. Er hatte mit wesentlich größeren Schwierigkeiten gerechnet. »Der Betreffende wohnt gar nicht einmal sehr weit von hier.«

Chrissie schaut auf ihre Armbanduhr: »Es ist noch etwas Zeit, wir können also im Prinzip von hier aus sofort dorthin fahren, wo wir schon in der Gegend sind. Du solltest nur vorher kurz im Kommissariat Bescheid sagen.«

Die Person, die ihnen eine Viertelstunde später die Haustür öffnet, ist ganz sicher nicht Dennis Holm, auch wenn die Kommissare naturgemäß momentan noch kein Foto von ihm besitzen. Dieser wird nämlich laut Meldeauskunft in wenigen Wochen sein dreißigstes Lebensjahr vollenden, wohingegen *dieser* Mann mindestens doppelt so alt sein muss. Chrissie und Wolfgang vermuten in ihm daher den ebenfalls unter dieser Adresse gemeldeten Vater, Viktor Holm.

»Guten Tag! Müller und Ohlsen, Kripo Siegburg«, stellt der Oberkommissar sich und seine Begleiterin höflich vor und zeigt gleichzeitig mit dieser unaufgefordert seinen Dienstausweis.

In der Zwischenzeit unterzieht Chrissie den Mann routinemäßig einer unauffälligen Musterung. Viktor Holm wirkt wesentlich älter als die vierundfünfzig Jahre, die er laut Angaben des Einwohnermeldeamtes zählt. Unübersehbare graue Strähnen im Haar und tiefe Falten in seinem von Gram gezeichneten Gesicht zeugen von großem Leid, das ihn offenbar vorzeitig altern ließ.

»Polizei?«, dringt es nach endlosen Sekunden des Schweigens endlich rau aus seinem Mund, und er legt die Stirn in noch mehr Falten. »Sie kommen sicher wegen des Jungen. Es ist aber auch langsam wirklich an der Zeit, dass sich mal jemand um diese Angelegenheit kümmert!« Ohne ein weiteres Wort oder eine einladende Geste dreht er sich um und schlurft müde davon. Müller und Ohlsen tauschen einen irritierten Blick aus und folgen ihm dann achselzuckend ins Innere der Wohnung.

* * *

Derweil wartet Horst Weiland voller Ungeduld auf eine Antwort vom Bundeskriminalamt. Er hatte sich sofort mit Feuereifer auf die von Donner übertragene Aufgabe gestürzt und das Blatt mit dem Daumenabdruck eingescannt und nach *AFIS* hochgeladen, der biometrischen Datenbank beim BKA.

Das »*Automatisierte Fingerabdruck-Identifizierungs-System*«, wie die hochoffizielle Bezeichnung dieser Einrichtung lautet, enthält Millionen von Finger- und neuerdings auch Handflächenabdrücken, die seit Beginn dieses Jahrhunderts weitgehend digitalisiert wurden.

Bei dieser ohnehin schon riesigen Datenmenge mit einem durchschnittlichen Zuwachs von 60.000 Neuzugängen monatlich rechnet der Ermittler trotz digitaler Unterstützung nicht damit, innerhalb der nächsten Stunden einen Treffer zu landen, falls denn überhaupt ein Eintrag vorhanden ist. Umso mehr ist er angenehm überrascht, schon eine Viertelstunde später durch einen Signalton von seiner Arbeit aufgeschreckt zu werden, die heute vornehmlich aus der Aufarbeitung von Ermittlungsberichten der Kollegen besteht.

Gründlich, wie er nun einmal ist, hat er es sich von jeher angewöhnt, sämtliche Fakten zusätzlich zur Fallbesprechung in Ruhe aufzuarbeiten, sofern Zeit dafür ist. Und die hat er mehr als ausreichend zur Verfügung, seit sein früherer Partner Wolfgang mit Chrissie ermittelt. Diese Art der Recherche entspricht aber ohnehin eher seinem Naturell, und auf diese Weise kann er die stets vorhandene Gefahr, dass wichtige Einzelheiten übersehen werden, auf ein Minimum reduzieren. Im Grunde stellt er dadurch so etwas wie ein ›Gewissen‹ für die übrigen Ermittler und natürlich sich selbst dar.

»Sieh mal einer an!«, entfährt es ihm nach einem Blick auf den Monitor, wo tatsächlich ein Ergebnis angezeigt wird. Genauer gesagt wurde dieser spezielle Daumenabdruck bisher nur bei *einer* Gelegenheit dokumentiert. »Das muss ich auf der Stelle dem Chef berichten!«, beschließt er und betätigt den Button für die Druckerausgabe. Infolge der Abwesenheit der vier Kollegen ist Donner ohnehin momentan sein einziger Ansprechpartner im Kommissariat.

Kapitel 4

»Die Obduktion hat unzweifelhaft ergeben, dass diese Frau weder an den Folgen des Unfalls verstarb, noch hatte sie irgendwelche anderen Verletzungen, die eventuell zum Tode geführt haben könnten«, fasst Dr. de Luca das Ergebnis der vorangegangenen Prozedur leidenschaftslos zusammen, ganz wie man es von der stets unterkühlt wirkenden Rechtsmedizinerin gewohnt ist.

Der Leichnam von Nadine Kemper war heute als Erstes auf ihrem Sektionstisch gelandet und sie hatte wie üblich eine halbe Stunde vor Beginn persönlich im Kommissariat angerufen und mitgeteilt, dass sie eine Autopsie durchzuführen gedenke. Tobias und Denise hatten es durch den um diese Zeit besonders dichten Berufsverkehr gerade noch rechtzeitig in die Pathologie nach Bonn geschafft.

»Sie starb demnach tatsächlich an den Folgen des Messerstiches in den Unterleib, wie Sie es am Montag an der Unfallstelle bereits vermutet hatten«, nickt Denise Malowski. Im Allgemeinen ist auf die erste Einschätzung dieser zwar extrem eigenwilligen, aber fähigen Pathologin ohnehin Verlass. »Gibt es Anzeichen für einen vorangegangenen Kampf? Hatte sie Abwehrverletzungen am Körper oder eventuell sogar fremde DNA unter den Fingernägeln?«

»In dieser Hinsicht muss ich Sie enttäuschen, Frau Malowski. An der Leiche gibt es als einzigen Hinweis auf eine Fremdeinwirkung lediglich die Stichwunde, die allerdings perfekt zu dem Modell des gefundenen Messers passt, welches mir von ihrer Forensik zur Verfügung gestellt wurde.«

»Die Messerattacke kam somit überraschend für das Opfer oder sie kannte den Täter, wobei sich das natürlich nicht unbedingt gegenseitig ausschließt«, überlegt Denise. »Können Sie uns auch die ungefähre Zeit nennen, wann dieser Angriff erfolgte?«

»Wie ich Ihnen bereits am Montag sagte, trat der Tod maximal eine Viertelstunde ein, bevor Ihre beiden Kollegen den Unfallort erreichten. Dem habe ich nichts hinzuzufügen. Als Frau Ohlsen und Herr Müller das Fahrzeug zwei Stunden zuvor zum ersten Mal sahen, war die Fahrerin demzufolge nicht nur noch am Leben, sondern muss zudem die letztlich tödliche Stichwunde schon gehabt haben. Da diese Begegnung an etwa derselben Stelle war, gehe ich davon aus, dass sie infolge der stetigen, vornehmlich nach innen gerichteten Blutungen das Bewusstsein verlor und infolgedessen von der Fahrbahn abkam. Aufgrund dieser Parameter und der im Bauchraum vorgefundenen Blutmenge habe ich errechnet, dass ihr der Messerstich eine halbe bis Dreiviertelstunde zuvor gefügt worden sein muss.«

»Das wäre dann etwa gegen 11:30 Uhr plus/minus eine Viertelstunde«, überschlägt Tobias schnell die bekannten Zeiten im Kopf. »Haben Sie vielen Dank, Frau Doktor de Luca. Eine eher persönliche Frage habe ich abschließend aber noch. Und zwar betrifft diese weniger Ihre Einschätzung als Pathologin, sondern vielmehr Ihre Meinung als Medizinerin: Hätte man die Frau retten können, wenn sie noch rechtzeitig gefunden worden wäre?«

»Eine Behandlung wäre mit ziemlicher Sicherheit eine halbe Stunde vorher noch problemlos möglich gewesen«, antwortet die Rechtsmedizinerin ungewohnt ernst. »Aber das Schicksal hatte wohl etwas anderes mit ihr im Sinn!«

»Das dürfen wir Chrissie und Wolfgang auf gar keinen Fall sagen, Tobi!«, beschwört Denise ihren Partner beim Hinausgehen. »Die beiden machen sich auch so schon genügend Vorwürfe deswegen!«

* * *

»Lasst euch ruhig Zeit, wir haben sowieso gerade erst angefangen!«, winkt Donner die hereineilenden Ermittler mit einer beschwichtigenden Handbewegung zu ihren Plätzen. »Gab es denn in der Pathologie irgendwelche neuen Erkenntnisse für uns?«, erkundigt er sich dann aber trotzdem umgehend bei den Hauptkommissaren, kaum dass diese ihre Stühle zurechtgerückt haben. Zeit ist eben relativ.

»Nichts wirklich weltbewegendes«, gibt Tobias Heller zurück und berichtet kurz von der morgendlichen Leichenschau. »Wir haben jetzt aber zumindest die ungefähre Uhrzeit der Messerattacke«, schließt er seine Schilderung ab. »Zeitmäßig käme es demnach durchaus hin, dass Nadine Kemper bei sich zu Hause überfallen wurde, sofern sie anschließend sofort die Flucht ergriff. Allerdings muss man sich dann fragen, warum sie nicht unterwegs einen Arzt aufsuchte.«

»Es würde aber zumindest die Theorie erhärten, dass sie eventuell vom Täter verfolgt wurde«, überlegt Wolfgang Müller. »In diesem Fall hatte sie keine Option, und wir sahen ja tatsächlich nur Sekunden nach unserer Begegnung hinter der Kurve ein zweites Fahrzeug in dieselbe Richtung fahren!«

»Es verdichtet sich immer mehr die Wahrscheinlichkeit, dass der verschwundene Nicklas von diesem Verfolger mitgenommen wurde«, nickt der Kommissariatsleiter. »Daher habe ich mich letztlich bezüglich der Aufrufe in den Tageszeitungen für den Text entschieden, den ihr an der Tafel seht«, zeigt er auf einen großformatigen Ausdruck am Whiteboard.

Wer hat dieses Kind gesehen?

Nicklas ist zwei Jahre alt und ein normal entwickeltes Kind, also vermutlich etwa 85–90 Zentimeter groß. Er hat dunkelbraune Augen und blondes, lockiges Haar. Er wurde zuletzt am Montag, dem 8. März mit seiner Mutter in der Nähe von Neunkirchen-Seelscheid gesehen. Seither fehlt jede Spur von dem kleinen Jungen. Nicklas ist eventuell in Begleitung eines Erwachsenen unterwegs, bitte sprechen Sie diesen *nicht* an! Sachdienliche Hinweise nimmt jede Polizeidienststelle im Rhein-Sieg-Kreis entgegen.

»Die dazugehörige Internetseite ist natürlich identisch aufgebaut. Nach reiflicher Überlegung habe ich mich zusätzlich für Handzettel mit demselben Inhalt entschieden, die ab heute an alle Geschäfte im Großraum Neunkirchen-Seelscheid verteilt werden, die im weitesten Sinne Zubehör für Kinder im Programm haben, sowie sämtliche Apotheken und Drogerien. Dankenswerterweise hat die Deutsche Post sich dazu bereiterklärt, die Verteilung für uns durch ihre Briefboten kostenfrei durchzuführen.«

»Dir ist aber schon klar, dass dieser Aufruf unterschwellig, wenn nicht sogar überdeutlich, das Wort ›Entführung‹ beinhaltet?«, wirft Denise Malowski kritisch ein. »Wir werden den Kerl womöglich damit bloß aufscheuchen!«

»Solange wir keine Anhaltspunkte haben, müssen wir das eben riskieren! Und es spielt uns eventuell sogar in die Karten: Einen Hasen sieht man bekanntlich auch am besten, wenn er flüchtet. Ich stelle mir den Tathergang folgendermaßen vor«, kommt der Kommissariatsleiter zum Thema zurück. »Nach der Messerattacke nahm Nadine Kemper ihren Sohn und ergriff die Flucht. Es kann sogar sein, dass der Angriff dem Kind galt und sie ihn bloß beschützen wollte. Der Täter fuhr ihr hinterher und fand sie schließlich zwischen den Bäumen wieder. Er hielt die in ihrem Fahrzeug eingeklemmte, leblose Frau für tot und nahm den Jungen, der den Unfall im Kindersitz schadlos überstanden hatte, an sich.«

»Aus diesem Grund sollten wir uns bei den Ermittlungen bezüglich der Suche nach Nicklas ab sofort auf diesen Täter konzentrieren«, wirft Horst Weiland ein. »Es ist mittlerweile tatsächlich mehr als wahrscheinlich, dass er den Jungen in seiner Gewalt hat. Andernfalls müssten wir das Kind längst gefunden haben!«

»Diese Theorie kann sogar weitestgehend wissenschaftlich untermauert werden!«, meldet sich Jürgen Vogel zu Wort. »Mir liegen nämlich seit heute einige wesentliche Ergebnisse vor, und zwar ist es durch die DNA-Vergleiche mittlerweile erwiesen, dass das Blut auf Messerklinge und Teppich von Nadine Kemper stammt. Ebenfalls das auf der Babydecke, womit es sehr wahrscheinlich ist, dass das Kind tatsächlich im Auto saß, da die Mutter zumindest die Decke *nach* der Messerattacke in der Hand gehabt haben muss. Das wird dann wohl gewesen sein, als sie den Jungen in den Wagen setzte. Übrigens ist das Verwandtschaftsverhältnis durch die auf der Babydecke gefundenen DNA des Kindes geklärt. Weiterhin kann ich Übereinstimmungen einiger Fingerabdrücke in der Wohnung mit denen am Unfallauto sowie in dessen Innenraum vermelden. Auch den Abdruck am Griff des wohl jetzt als Tatwaffe feststehenden Messers konnten wir an all diesen Orten eindeutig nachweisen. Somit dürfte erwiesen sein, dass der Angriff in der Wohnung des Opfers stattfand und der Täter das Auto entweder davor oder danach angefasst hat.«

»Womit wir bei einem weiteren wichtigen Thema angelangt wären!«, nimmt Donner die Ausführungen des Forensikers als willkommene Überleitung zum nächsten Punkt auf seiner Tagesordnung. »Zu diesem Daumenabdruck auf der Tatwaffe kann uns heute nämlich Horst etwas erzählen! Zu euren Neuigkeiten kommen wir anschließend«, informiert er Chrissie Ohlsen lächelnd.

Die Kommissarin rutscht schon seit Beginn der Fallbesprechung unruhig auf ihrem Stuhl herum. Sie und ihr Partner hatten dem Chef zwar gestern Nachmittag gleich im Anschluss an ihre Rückkehr Bericht erstattet, doch da ihre Recherchen seiner Meinung nach momentan nicht dazu beitragen, den Aufenthaltsort von Dennis Holm zu ermitteln, erachtet er die diesbezügliche Information nicht als wichtig genug, sie vordringlich zu erörtern.

»Zu dem Abdruck existiert ein Eintrag in *AFIS*«, erklärt Weiland den Kollegen. »Leider gibt es keinen Namen dazu und er ist auch nur ein einziges Mal dokumentiert. Und zwar war das bei einem Banküberfall in Gummersbach. Einer der drei maskierten Banditen zog beim Eintüten der Beute unvorsichtigerweise einen Handschuh aus, der ihn wohl dabei behinderte. Jedenfalls hinterließ er einen deutlichen Abdruck seines rechten Daumens auf dem Tresen des Ausgabeschalters. Das war im Februar 2017, also vor etwa vier Jahren.«

»Stimmt, ich habe davon gelesen«, erinnert sich Tobias Heller. Die Stadt Gummersbach im Oberbergischen Kreis liegt weit außerhalb ihres Zuständigkeitsbereichs, weshalb der Vorfall bei ihnen nicht aktenkundig geworden war. »Das saubere Trio wurde niemals gefasst und die erbeuteten 30.000 Euro sind bislang nicht wieder aufgetaucht. Ich weiß jetzt nur nicht so recht, wie uns das weiterhelfen soll!«

»Es ist auf jeden Fall ein Indiz für die Gewaltbereitschaft unseres Täters!«, bescheidet Donner ihm nachsichtig. »Also gut, bevor deine Partnerin ihren Hosenboden komplett durchgescheuert hat, könnt ihr jetzt meinetwegen mit eurem Bericht beginnen«, wendet er sich an Wolfgang Müller als den zumindest nominell Ranghöheren des Ermittlerduos.

»Wie Tobias und Denise ja gestern von einer Hausbewohnerin der Lohmarer Wohnung erfahren haben, hatte Nadine Kemper vor ihrem Zuzug dorthin einen namentlich unbekannten Freund, der sie noch vor Nicklas' Geburt verlassen haben soll«, holt der Oberkommissar etwas weiter aus. »Wir dagegen bekamen von einer Nachbarin in Neunkirchen-Seelscheid, wo das Paar davor gewohnt hat, seinen Namen genannt. Er lautet Dennis Holm und er ist vor etwa drei Jahren spurlos verschwunden, also höchstwahrscheinlich mit Beginn der Schwangerschaft!«

»Wir können daher davon ausgehen, dass es sich in beiden Fällen um dieselbe Person handelt«, fährt Chrissie fort. »Bezeichnend ist dabei, dass selbst die Eltern nichts über den Verbleib ihres Sohnes wissen. Wir haben diese auch nur deshalb so schnell ermittelt, weil Dennis sich nie umgemeldet hat und immer noch unter der Adresse in Much gemeldet war. Viktor und Helene Holm befinden sich seitdem in tiefer Trauer um ihren Sohn.«

»Sie sind außerdem der festen Überzeugung, dass Dennis damals etwas Schreckliches zugestoßen sein muss und dass seine Freundin, mit der er erst kurz zuvor zusammengezogen war, auf irgendeine

Weise daran beteiligt gewesen ist«, fährt Wolfgang fort. »Deshalb dachten sie zuerst, wir seien deswegen gekommen. Sie hatten den Vorfall damals angeblich der örtlichen Polizei gemeldet, die das aber wohl verschludert hat, da eine Vermisstenmeldung bei uns nie eingegangen ist.«

»Eine Strafanzeige gegen die Freundin des Sohnes haben die Eheleute Holm niemals erstattet«, schließt Chrissie den im Wechsel vorgetragenen Bericht ab. »Sie kannten wohl auch deren Namen nicht.«

»Was ja für sich allein schon reichlich merkwürdig ist«, wirft Denise ein. »Wäre es denkbar, dass sie euch nur etwas vorgespielt haben und ihr Sohn sich in Wirklichkeit dort versteckt? Er ist immerhin unser Verdächtiger Nummer eins!«

»Sie wirkten extrem glaubhaft auf uns. Die Mutter ist seit dem Verschwinden des Sohnes schwerst depressiv und deswegen in ärztlicher Behandlung. Der Vater ist im Vergleich zu früher nur noch ein Schatten seiner selbst, wir haben entsprechende Fotos gesehen. Ihr solltet euch einmal den Schrein anschauen, den sie in Erinnerung an den Sohn im Wohnzimmer aufgebaut haben! Sie erklärten sich außerdem sofort bereit, uns ein Foto zur Verfügung zu stellen, mit dessen Hilfe eine professionelle Suche nach Dennis gestartet werden kann. Es ist kurz vor seinem mysteriösen Verschwinden entstanden, also so aktuell wie nur irgend möglich.«

Als hätte er nur auf dieses Stichwort gewartet, erhebt sich Wolfgang Müller von seinem Platz und heftet besagte Fotografie an die Tafel. Es zeigt einen fröhlich in die Kamera lachenden, blonden Lockenkopf mit leger offenem Hawaiihemd, das eine braungebrannte Männerbrust präsentiert.

»Was hat er denn da um den Hals hängen?«, will Horst Weiland sofort wissen, er sitzt direkt daneben. »Sowas habe ich doch erst kürzlich gesehen!« Er blättert hektisch in seinen Unterlagen.

»Das ist ein Talisman«, klärt Chrissie ihn auf. »Ein Anhänger aus Obsidian mit dem Lebensbaumsymbol an einem geflochtenen Lederband. Laut seinen Eltern war es für Dennis so eine Art Glücksbringer, den er niemals ablegte.«

»Ich hab's!« Horst Weiland hält triumphierend ein Blatt Papier hoch. »Genau so ein Anhänger ist unter den Fundstücken, die von der Spurensicherung in der Erde gefunden wurden, in der das Skelett vergraben war! Hat sich denn keiner von euch diese Liste angeschaut?« Der Leiter besagter Einrichtung runzelt ob der angedeuteten Ignoranz unwillig die Stirn.

»Damit du gar nichts zu tun hast?«, flachst Tobias, wobei er aber nur seine Verlegenheit zu überspielen versucht. Diese Aufstellung hatten sie alle tatsächlich aus Zeitgründen völlig ignoriert, zumal der Knochenfund wegen der Suche nach Nicklas von der Priorität her auf Anordnung des Chefs ohnehin in den Hintergrund getreten war. Wie gut, dass auf die sprichwörtliche Gründlichkeit des Kollegen Verlass ist!

»In Ordnung, das wirft ein völlig neues Licht auf die Sache!«, geht Donner dazwischen. »Das sind mir mittlerweile definitiv ein paar Zufälle zu viel und ich will umgehend eine Aussage darüber, ob es sich bei diesem Skelett um die Überreste des verschollenen Dennis Holm handelt. Hat einer von euch eine Idee, wie das zu bewerkstelligen sein könnte?«

»Wir besorgen uns am besten eine Speichelprobe von *Viktor* Holm und lassen einen normalen Vaterschaftstest machen«, schlägt Denise vor. »Das geht am schnellsten!«

»Okay, das ist ein ausgezeichneter Vorschlag! Wer fährt dorthin und holt diese Speichelprobe? Horst? Dann wäre das ja geklärt. Nimm auch den Schlüsselbund vom Fundort der Leiche mit. Auf dem Weg nach Much kommst du an der damaligen Wohnung von Dennis Holm und Nadine Kemper vorbei. Dazu ist nur ein unbedeutender Umweg nötig, wenn ich das richtig sehe. Es könnte doch sein, dass es sich um den Wohnungsschlüssel handelt. Überprüfe das bitte auch noch schnell. Außerdem soll die Forensik sich einmal gründlich in der Brandruine umsehen. Dass diese Adresse auf einem Zettel steht, der vermutlich mit der Leiche zusammen begraben wurde und zudem in unmittelbarer Nachbarschaft zur letzten Wohnung von Nadine Kemper liegt, *muss* hinsichtlich der heute bekannt gewordenen Fakten eine Bedeutung haben, womit Königswinter endgültig vom Tisch sein dürfte! Chrissie und Wolfgang: ihr beide wart schon einmal dort und fahrt deshalb mit!«

Donners Augen sprühen förmlich Feuer, er ist jetzt erkennbar im Jagdfieber. »Über eines sollten wir uns aber alle im Klaren sein«, schwört er seine Ermittler ein. »Falls der Knochenmann sich tatsächlich als der Vater von Nicklas erweist ... Wer ist dann der Kerl, der das Kind entführt hat und die Mutter tötete? Gibt es irgendeine Verbindung zwischen diesen Personen? Wurde Dennis Holm womöglich von seiner eigenen Freundin ermordet und hängen die Morde, obwohl Jahre auseinanderliegend, irgendwie zusammen? All das müssen wir dringend als Nächstes herausfinden! An die Arbeit, Leute!«

* * *

Tobias Heller schließt mit einem Mausklick die elektronische Fallakte, die ihm auf seine telefonische Anfrage von den Gummersbacher Kollegen dankenswerterweise umgehend und vor allem absolut unbürokratisch per E-Mail übersandt wurde. Während er die nur wenige Seiten umfassende Akte eingehend studierte, hatte sich Denise Malowski in der Hoffnung, irgendwelche Gemeinsamkeiten aufzudecken oder sogar einen Hinweis auf einen mutmaßlichen ›unbekannten Dritten‹ zu erhalten, mit der Vergangenheit der ihnen bisher *bekannten* Personen auseinandergesetzt, also Dennis Holm und Nadine Kemper.

»Falls der Chef mit seiner Vermutung recht behält, und unser Täter mit den beiden Opfern irgendwie in Zusammenhang steht, ist darüber nichts herauszubekommen«, teilt sie ihm das magere Ergebnis ihrer Recherchen mit. »Dennis Holm und Nadine Kemper sind altersmäßig zwei Jahre auseinander und gingen zudem auf verschiedene Schulen. Damit erschöpfen sich meine Kenntnisse auch schon. Mal davon abgesehen, dass die Identität der Waldleiche noch durch einen DNA-Vergleich bestätigt werden muss, dürften die Kontakte aus der Schulzeit recht umfangreich sein, und über den von uns gesuchten Täter wissen wir praktisch überhaupt nichts!«

»Das kann man so nicht sagen, Denise. Immerhin war er definitiv an diesem Banküberfall beteiligt, er war sogar der mit der Waffe! Ob die beiden anderen ebenfalls dabei waren, ist hingegen unbekannt. Wir wissen ja nicht mal, ob es einen solchen Zusammenhang überhaupt gibt. In der Akte ist jedenfalls nicht der kleinste Hinweis darauf zu finden. Laut Aussagen der Bankangestellten sprach während des gesamten Überfalls keiner der Banditen ein Wort, sondern sie haben ihrer Forderung nur mit der Pistole und einem vorbereiteten Zettel Nachdruck verliehen. Er befindet sich ebenfalls in der Fallakte, gibt aber spurentechnisch nichts her. Weil nicht gesprochen wurde und alle drei bis zur Unkenntlichkeit vermummt waren, ist es zwar prinzipiell möglich, dass eine Frau dabei war, bewiesen ist es aber nicht. Auch die Bilder der Überwachungskamera geben dazu nichts her.«

»Also gut, gehen wir im Rahmen einer vorläufigen Arbeitshypothese einfach mal davon aus, dass es sich bei dem Toten im Wald *tatsächlich* um den verschollenen Dennis Holm handelt. Wie kam er dorthin?«

»Wir waren uns doch beide darüber einig, dass er entweder etwas vergraben hat oder etwas aus einem Versteck holen wollte, als er von seinem Mörder eins übergebraten bekam«, erinnert Tobias sie an das vor zwei Tagen an der offenen Grube geführte Gespräch.

»Richtig! Wobei ich nach wie vor mit der zweiten Variante liebäugele, sie erscheint mir aus den bereits dargelegten Gründen einfach schlüssiger. Gehen wir weiterhin davon aus, dass Holm an dem Bankraub beteiligt war. Und was erhalten wir, wenn wir diese beiden Hypothesen miteinander verbinden?«

»Einen Zwanzig-Euro-Schein!«, entfährt es Tobias überrascht und er schlägt sich mit der flachen Hand an die Stirn, dass es klatscht. »Dass ich daran nicht selbst gedacht habe ... Die Beute wird demnach dort vergraben gewesen sein! Warte einen Augenblick, der Fallakte ist doch eine Liste mit den Seriennummern der gestohlenen Geldscheine beigefügt. Jetzt müssen wir nur noch *unseren* Schein damit vergleichen und werden in wenigen Sekunden Gewissheit haben!«

Es soll jedoch eine ganze Weile länger dauern, bis er dieses Vorhaben in die Tat umsetzen können wird, denn wie so oft in solchen Situationen, werden sie auch heute fast wie auf Bestellung dabei gestört. Und wieder ist es Wachmann Torsten Schröder, der den Raum nach kurzem Anklopfen mit einer Begleiterin in Zivil betritt und sich an ihrer Seite vor den Schreibtischen der Ermittler aufbaut.

»Frau Eschbach möchte bei Ihnen eine Aussage zu dem gesuchten Kind machen, dessen Foto heute in der Zeitung erschienen ist«, erklärt er den Kommissaren mit seiner überaus kräftigen Stimme. »Sie sagt, sie hat Nicklas gestern in der Stadt gesehen!«

* * *

Chrissie Ohlsen und Wolfgang Müller folgen den Forensikern behutsam die rußgeschwärzte Treppe in den Kellerbereich hinab. Es ist unheimlich hier unten und kalt. Fenster gibt es keine und ihre einzige Lichtquelle besteht aus zwei starken Akkuleuchten, deren weiße Lichtkegel unruhig über die Wände tanzen und die Kommissare unwillkürlich an eine Szene aus Jule Vernes ›Reise zum Mittelpunkt der Erde‹ denken lässt.

Hier ist Vorsicht geboten, zumal das Gemäuer von der Bauaufsicht auf deutlich sichtbar angebrachten Hinweistafeln als einsturzgefährdet gekennzeichnet ist und eigentlich gar nicht betreten werden darf. Außerdem sind sämtliche ehemals wohl hölzernen Treppengeländer wie alles andere in dem zweistöckigen Haus ein Opfer der Flammen geworden, was die Angelegenheit noch gefährlicher gestaltet. Jürgen Vogel, der diesmal als Experte für solche Lokalitäten wieder selbst mitgekommen ist, verteilte aus diesem Grund vor dem Betreten des Gebäudes Bauhelme an sämtliche Teilnehmer der Exkursion.

»Wenn dieser Brandschaden tatsächlich durch das ›Lagerfeuer‹ eines Landstreichers verursacht wurde, gebe ich freiwillig all meine Diplome zurück«, äußert sich der Leiter der KTU. Seine Worte hallen dumpf von den kahlen Wänden wider. »Hier war wohl eher ein Brandbeschleuniger am Werk!«

Die unmittelbar hinter ihm gehenden Ermittler vernehmen deutlich ein schnüffelndes Geräusch. »Ich glaube sogar fast, ihn noch riechen zu können!« Was natürlich Unsinn ist, aber Vogels Instinkte sind diesbezüglich nahezu untrüglich und haben ihn bisher selten getäuscht.

»Und weswegen fangen wir im Keller an?«, will Chrissie Ohlsen neugierig von ihm wissen, als sie am Fuß der steilen und zum Teil brüchigen Treppe angelangt sind. »Oben hätten wir doch wesentlich mehr Licht!«

»Weil hier unten der Brand seinen Ausgangspunkt gehabt haben dürfte, wenn ich die rußgeschwärzten Wände richtig interpretiere. Das ist für sich allein schon verdächtig, und deshalb bleibe ich dabei, dass hier wahrscheinlich jemand nachgeholfen hat, und sei es nur wegen der Versicherung. Es würde mich echt nicht wundern, wenn wir die eine oder andere sprichwörtliche ›Leiche im Keller‹ fänden!«

»Das Haus wurde nach dem Brand doch sicher von Experten auf die Ursache für das Feuer untersucht«, wagt Wolfgang Müller einen Einwand. »Schon allein wegen der Versicherung. Die Spezialisten hätten in diesem Fall doch garantiert etwas gefunden!«

»Das bezweifle ich ja gar nicht, und ich will deren Fachkompetenz auch ganz bestimmt nicht infrage stellen. Aber das waren Feuerwehrleute mit einem strikt auf Brandursachen ausgerichteten Fokus, und

keine Forensiker«, widerspricht Vogel ihm selbstbewusst. »*Wir* finden immer noch etwas, selbst nach
Jahren!«

An die Treppe schließt sich ein schmaler Gang
an, von dem zwei durch eine gemauerte Wand ge-
trennte Kellerräume abgehen, für jede der beiden
ehemaligen Wohneinheiten einer. Statt den sicherlich seinerzeit vorhanden gewesenen Türen gähnen
ihnen auch hier lediglich dunkle Löcher entgegen.

»Wonach suchen wir überhaupt?«, wendet
Müller sich an den Forensiker, dessen Mitarbeiter
soeben in beiden Räumen separat mitgeführte
Lampen installieren. »Die Brandursache können
wir doch aus den Akten entnehmen. Und wo genau
das Feuer seinen Anfang genommen hat, wird da
bestimmt ebenfalls drinstehen!«

»Wir werden hier garantiert keine Fingerabdrücke oder DNA-Spuren und ähnliche Hinterlassenschaften mehr vorfinden, die uns weiterhelfen«,
belehrt Vogel ihn geduldig. »Nicht einmal Blut, falls
denn jemals welches hier vergossen wurde. Das ist
alles entweder ein Opfer der Flammen geworden
oder wurde von späteren Besuchern eingeschleppt.
Wer aber vorsätzlich ein Feuer dieser Größenord-
nung entfacht, hat damit *immer* ein bestimmtes
Ziel vor Augen, und wir werden heute herausfinden, welches das war!« Mit diesen Worten steuert
er den von ihnen aus rechten Kellerraum an, den er
anhand irgendwelcher Merkmale als Brandherd
identifiziert hat.

»Hier hat das Feuer am schlimmsten gewütet«,
begründet er den Ermittlern gegenüber seine Wahl.

»Wenn ihr mich fragt, wurden allein in diesem Raum mindestens zehn Liter Benzin über einen guten Kubikmeter brennbares Material verteilt, der Menge an Asche gemäß, die immer noch hier zu finden ist. Wir werden uns nachher auch in den oberen Etagen umschauen, aber ich wette jetzt schon eine Schachtel Zigarillos, dass es da ganz ähnlich aussieht.«

Chrissie schaut ihren Partner vielsagend an: Wenn der ausgewiesene Genussraucher Vogel seine Glimmstängel setzt, ist er sich wirklich *sehr* sicher!

»Sollte sich meine Vermutung bestätigen«, fährt der Forensiker fort, »hat hier jemand mit enormem Aufwand versucht, Spuren zu vernichten. Schauen wir doch mal, ob ihm dies auch tatsächlich restlos gelungen ist!«

Wie auf ein geheimes Kommando beginnen seine beiden Spezialisten damit, die überall knöchelhoch herumliegende Asche mit einem Sieb nach eventuell erhalten gebliebenen Gegenständen zu durchsuchen, während ihr Vorgesetzter die Wände in Brusthöhe mit einem kleinen Hammer, wie ihn auch Ärzte zum Testen der Reflexe ihrer Patienten benutzen, akribisch zentimeterweise abklopft. Bei dem 1,92 Meter großen, schlaksigen Mann ist das in etwa die Augenhöhe eines normal gewachsenen Menschen.

Und tatsächlich: Bereits wenige Minuten später wechselt das harte, metallisch klingende Geräusch, das auf die unbeteiligten Zuschauer in seiner Monotonie schon fast einschläfernd gewirkt hatte, unver-

mittelt zu einem wesentlich dumpferen Resonanz-
hall, der auf einen größeren Hohlraum in der ge-
mauerten Wand schließen lässt!

Sofort beginnt er mit der meißelartigen Rückseite des Werkzeugs und geradezu chirurgischer Präzi-
sion eine kaum sichtbare Fuge abzuklopfen und
legt auf diese Weise innerhalb weniger Minuten unter dem rußgeschwärzten Putz eine etwa fünfzig
auf vierzig Zentimeter große Öffnung frei. In der
Tiefe nimmt diese vermutlich weit mehr als die
Hälfte der Wandstärke ein, die hier einen halben
Meter beträgt. Direkt zu sehen ist das nicht, denn
das Loch ist nicht leer!

Der soeben freigelegte Hohlraum ist im Gegenteil mit etlichen zu schwarzer Asche verkohlten,
vage als ehemals rechteckige Bündel erkennbaren
Gegenständen ausgefüllt. Ursprünglich waren diese sicher bis obenhin gestapelt, machen aber jetzt
nur noch die halbe Höhe aus. Die Hitze des hier unten wütenden Feuers haben sie hinter der dünnen
Wand nicht überstanden. Vogels Mitarbeiter haben
ihre Arbeit eingestellt und schauen sich das Ergebnis seiner Bemühungen interessiert an.

»Ist das da drinnen Geld?«, erkundigt sich
Chrissie Ohlsen neugierig, nachdem sie mit ihrem
Partner ebenfalls nähergetreten ist. »Wenn, dann
handelt es sich um eine große Summe, die hier verbrannt ist!«

»Könnte man meinen«, brummt Vogel zurück-
haltend. Seine Leute schieben daraufhin vorsichtig
ein spezielles Blech unter den fragilen Stapel und
ziehen ihn wie Kuchen aus einem Backofen heraus.

Offenbar ist diese Truppe auf sämtliche Eventualitäten vorbereitet. »Im Labor werden wir herausfinden, was das ist oder war!«, knurrt er siegessicher.

* * *

»Etwa in *dieser* Stadt, also hier in Siegburg?«, reagiert Denise Malowski verblüfft auf die Meldung des Wachmanns. Mit einer einladenden Handbewegung fordert sie die Zeugin gleichzeitig auf, Platz zu nehmen. »Sind Sie sich auch wirklich ganz sicher, dass es Nicklas war, den Sie gesehen haben?« Sie gibt sich zwar redliche Mühe, sich ihre Aufregung nicht anmerken zu lassen, doch die hektischen Flecken in ihrem Gesicht sprechen Bände!

»Nein, das war in Neunkirchen-Seelscheid, an der Bushaltestelle Römerstraße/Zeithstraße!«, korrigiert die Frau sie automatisch, während sie in ihrer Handtasche nach ihrem Ausweis kramt. »Hier, den benötigen Sie doch sicher für das Protokoll«, reicht sie ihn über den Tisch, nachdem sie fündig geworden ist. Denise wirft einen kurzen Blick auf das Dokument, demnach handelt es sich bei der Besucherin um die neununddreißigjährige Melanie Eschbach, wohnhaft Römerstraße 47, in Neunkirchen-Seelscheid.

»Ich sah den Jungen in einem Auto auf dem Parkplatz der Edeka-Filiale an der Zeithstraße«, berichtet sie. »Ich arbeite nebenan in der Kreisverwaltung und war wie an jedem Dienstag um diese Uhrzeit auf dem Heimweg. Ich komme von der Haltestelle aus ja an dem Supermarkt vorbei. Dienstags bin ich etwas länger im Büro, müssen Sie wissen. An den anderen Tagen habe ich mittags schon Feierabend.«

»Das war dann also genau hier!«, stellt Tobias sachlich fest. Er ist hinter den Schreibtisch getreten, wo seit Beginn der Woche ein großformatiger Plan des gesamten Suchgebietes hängt, und markiert die genannte Stelle mit einem gelben Fähnchen. Weitere Markierungen dieser Art, jedoch in Blau, sind an der Unfallstelle, dem Fundort des Skeletts, den letzten Wohnadressen Nadine Kempers und der Adresse der Brandruine angebracht. »Wissen Sie noch, wie spät es da war?«

»Lassen Sie mich kurz überlegen ... Dienstschluss war pünktlich um 15:00 Uhr, und der Bus benötigt ungefähr eine Dreiviertelstunde bis dahin ... Es wird demnach eine Stunde später gewesen sein, denke ich. Jedenfalls fiel mir dieser kleine Junge sofort auf. Er saß auf dem Rücksitz, presste sein Gesichtchen an die Scheibe und schnitt Grimassen, wie Kinder das in dem Alter so machen, wenn sie sich langweilen.«

»Das war demzufolge gegen 16:00 Uhr. Haben Sie sonst jemanden gesehen? Einen erwachsenen Mann in der Nähe vielleicht, der sich irgendwie auffällig verhielt?«, will Denise wissen, nachdem sie sorgfältig Adresse und Uhrzeit der Sichtung notiert hat. »Oder haben Sie sich das Kennzeichen gemerkt?«

»Darauf habe ich nun wirklich nicht geachtet, Frau Kommissarin! Und die Automarke weiß ich ebenfalls nicht, falls Sie das als Nächstes fragen wollten«, schüttelt sie erwartungsgemäß den Kopf. Kaum ein Zeuge nimmt solche Dinge bewusst wahr, wenn kein besonderer Grund dafür vorliegt und der Aufruf in der Zeitung ist ja erst heute erschienen. »Es war ein rotes Auto, irgend so ein Kleinwagen. Das Kind saß allein darin und schien auf jemanden zu warten. Sonst war da aber niemand. Und ja, ich bin mir ziemlich sicher, dass das der Junge aus Ihrer Suchmeldung war!«

»Ich mache Ihnen einen Vorschlag«, wendet sich Tobias Heller an die Frau. »Sie haben doch jetzt Feierabend. Was halten Sie denn davon, wenn wir Sie nach Hause bringen und Sie uns die Stelle zeigen, an der Sie Nicklas gesehen haben? Unter Umständen fällt Ihnen bei dieser Gelegenheit sogar noch etwas Wichtiges ein!«

Kapitel 5

»Also, ich bekomme das irgendwie nicht so ganz auf die Reihe!«, äußert sich Tobias Heller skeptisch zu Christina Ohlsens Vortrag über die Untersuchung der Brandruine. »Das passt doch alles vorne und hinten nicht zusammen!«

»Und was ist daran für dich jetzt so unverständlich?«, reagiert die Kommissarin schnippisch auf die offene Kritik des Kollegen. »Für mich sieht das jedenfalls so aus, als wäre dort die Beute aus dem Bankraub gebunkert worden, die aber irgendwann später ein Opfer der Flammen wurde! Was hast *du* denn zu bieten?«

»Ach ja? Und wer hat dann das Feuer gelegt? Das Haus ist schon seit etlichen Jahren unbewohnt, und du sagst ja selbst, dass es sich nach Jürgens Meinung um einen extremen Fall von Brandstiftung gehandelt haben muss. Für mich sieht das eher so aus, als *sollte* der Eindruck entstehen, dass die 30.000 Euro aus dem Bankraub dort verbrannt sind!«

»Nun kommt mal wieder runter, ihr zwei!«, geht Donner dazwischen, bevor die Emotionen endgültig hochkochen. »Tobias wird uns doch bestimmt eine logische Erklärung dafür liefern können, was an der Sache seiner Meinung nach nicht stimmt. Habe ich recht?«, wendet er sich an den Hauptkommissar.

»Nachdem sich gestern überraschend eine Zeugin gemeldet hatte, die Nicklas vor einem Supermarkt in Neunkirchen-Seelscheid gesehen haben will, sind Denise und ich mit ihr sofort dorthin gefahren, um uns die Stelle vor Ort zeigen zu lassen«, holt Tobias Heller etwas weiter aus. »Leider hat die Aktion keine neuen Erkenntnisse gebracht. Gleich heute Morgen habe ich dann jedoch unverzüglich nachgeholt, was ich eigentlich gestern schon vorhatte, nämlich den beim ersten Leichenfundort sichergestellten Geldschein mit der Nummernliste des Bankraubs von vor vier Jahren zu vergleichen. Ich will es kurz machen: Dieser Schein stammt definitiv aus der Beute, die demnach dort vergraben gewesen sein muss!«

»Das eine schließt das andere aber doch nicht zwangsläufig aus!«, beharrt Chrissie Ohlsen auf ihrer Meinung. »Der Mörder hat es eben anschließend dort deponiert, was spricht denn dagegen?«

»Dagegen spricht eine ganze Menge! Vor allem ist es vollkommen unlogisch! Zwar lässt die Größe des Loches in der Tat darauf schließen, dass dort nichts *vergraben*, sondern im Gegenteil *geborgen* wurde. Aber weshalb hätte der Täter diese Adresse bei der Leiche lassen sollen? Das ergibt keinen Sinn! Wahrscheinlicher ist es dagegen, dass der andere Mann diesen mitbrachte, um seine Komplizen in die Irre zuführen, die er mit der Bergung der Beute hintergehen wollte. Das bedeutet aber in erster Linie, dass der Brand *vorher* erfolgt ist, womöglich sogar in derselben Nacht. Hinterher hatte er bekanntlich keine Gelegenheit mehr dazu, und Tage vorher hätte er für zu viel Aufsehen damit gesorgt!«

»Daraus würde sich zwangsläufig ergeben, dass das Geld in dem ausgebrannten Versteck gar keines war, sondern eine Attrappe«, überlegt der Kommissariatsleiter. »Allerdings wäre es ungewöhnlich, dass sich jemand derart viel Mühe macht, einen Diebstahl zu verschleiern. Was sagt denn der Experte dazu?«, wendet er sich an Jürgen Vogel, der dem Disput lächelnd gefolgt ist.

»Der sagt, dass ihr euch die ganze Streiterei hättet sparen können«, grinst der Forensiker. »Eine Analyse hat einwandfrei ergeben, dass es sich bei den ›Geldbündeln‹ lediglich um bedrucktes Papier gehandelt hat, bevor es zu Asche verbrannt ist! Außerdem konnten wir eine hohe Konzentration an Stickoxiden nachweisen, wie sie beispielsweise bei der Verbrennung von Benzin entstehen. Jemand muss das Papier damit getränkt haben, bevor es deponiert wurde. Ich würde daher der von Tobias vorgetragenen Theorie vorbehaltlos zustimmen, wenn ich auch den Sinn hinter dieser Aktion nicht so ganz nachvollziehen kann.«

»Wer kann denn schon in die Köpfe solcher Leute schauen«, seufzt Donner. »Habt ihr bereits ein Ergebnis des DNA-Vergleichs bezüglich der Vaterschaft des mutmaßlichen Dennis Holm zu Nicklas vorliegen?«

»Noch nicht, aber ich erwarte es stündlich!«, gibt Vogel kurz angebunden zurück.

»Es würde mich allerdings sehr wundern, wenn es sich so verhielte«, meldet sich jetzt Horst Weiland zu Wort. »Ich war ja gestern bei Viktor Holm wegen der Speichelprobe. Bei der Gelegenheit fragte ich ihn, ob er von einer Schwangerschaft der Freundin seines Sohnes wisse. Er vertraute mir daraufhin an, dass Dennis mit zwanzig an Mumps erkrankt und dadurch zeugungsunfähig geworden sei. Wenn kein Wunder geschehen ist, kann er demnach nicht der Vater von Nicklas sein! Ach ja, und der Schlüssel hat nicht gepasst! Allerdings wurden laut Angaben der Mieter vor etwa zwei Jahren sämtliche Schlösser in dem Mietshaus ausgetauscht und durch eine moderne Schließanlage ersetzt.«

»Es könnte folgendermaßen gewesen sein«, entwickelt Wolfgang Müller eine Theorie. »Drei Kumpel, von denen uns bislang zwei namentlich bekannt sind, verüben gemeinsam diesen Banküberfall. Ein Jahr später erfährt Dennis Holm, der mit Nadine Kemper zusammen ist, dass diese schwanger ist. Und weil er selbst nicht der Vater sein kann, geht er davon aus, dass seine Freundin und der Dritte im Bunde ein Verhältnis haben und beschließt, sie zu verlassen. Er entwickelt den komplizierten Plan mit der angeblich verbrannten Kohle, um genügend Zeit zum Untertauchen herauszuschinden, wird aber bei der Bergung der Beute erwischt und getötet! Dass Nadine Kemper Jahre später in die Nachbarschaft der Ruine zog, ist wahrscheinlich purer Zufall!«

»So ähnlich könnte es sich natürlich zugetragen haben«, räumt Chrissie kleinlaut ein. »Es klingt auf eine verdrehte Weise zumindest irgendwie logisch, auch wenn ich das Ganze für eine total bescheuerte Idee halte! Ich meine, wieso veranstaltet der Kerl ein solches Verwirrspiel, statt sich die Beute einfach nur zu schnappen und abzuhauen?«

»Solange wir nicht mit Sicherheit wissen, um wen es sich bei diesem Toten im Wald handelt, bringt uns das ohnehin keinen Schritt weiter«, kürzt Donner die Diskussion ab. »Wir werden also wohl oder übel die Ergebnisse der DNA-Analysen abwarten müssen, und zwar in *beiden* Fällen, da eine Vaterschaft von Dennis Holm trotz allem nicht völlig auszuschließen ist! Der Gedanke, dass der Brand in der Mordnacht stattfand, ist hingegen durchaus eine nähere Betrachtung wert. Wissen wir, wann das war?«

»Am 24. Februar 2018«, antwortet Chrissie sofort. »Ich habe mich heute Morgen bei der örtlichen Feuerwehr danach erkundigt. Die sind gegen Mitternacht ausgerückt und waren etwa zwei Stunden vor Ort. Eine spätere Untersuchung durch die Versicherung ergab tatsächlich Brandstiftung als Ursache, weshalb der Schaden bislang nicht ersetzt wurde.«

»Kommen wir abschließend noch zur Zeugin von gestern«, wechselt Donner wieder das Thema, indem er sich seinen leitenden Ermittlern zuwendet. »Wie glaubwürdig ist eurer Ansicht nach ihre Aussage zur Sichtung von Nicklas?«

»Ich halte sie für sehr zuverlässig und glaubhaft«, gibt Denise zurück. »Sie machte auf uns auch nicht gerade den Eindruck, sich wichtigmachen zu wollen. Wir gehen daher davon aus, dass Nicklas tatsächlich in diesem Auto saß, und schlagen vor, unseren Fokus zunächst auf diesen Ort zu richten.«

»Das sehe ich ganz genauso, deshalb werdet ihr euch jetzt *alle* sofort auf den Weg dorthin machen! Den Rest des Tages verbringt ihr damit, jede einzelne Person im Umkreis von mindestens hundert Metern um diesen Supermarkt herum zu befragen. Ganz gleich, ob es sich um Anwohner, Besucher oder den Postboten handelt. Irgendwem wird schon etwas aufgefallen sein!«

»Ach, bevor ich es vergesse!«, meldet sich Tobias abschließend ein letztes Mal zu Wort. »Es ist mir gestern Abend endlich gelungen, Nadine Kempers Eltern in Toronto zu erreichen, was ja durch die Zeitverschiebung nicht ganz einfach ist. Besonders schockiert schienen sie mir über die Mitteilung zum Tod ihrer einzigen Tochter aber nicht zu sein, offenbar hatte man schon seit Jahren keinen Kontakt mehr zueinander. Ihr Vater sprach sogar recht abfällig von einem schlechten Umgang, dem sie dann wohl zum Opfer gefallen sei. Vielleicht hat das ja irgendwas zu bedeuten!«

* * *

Zur selben Zeit

»*Ich will zu meiner Mamaaaaa!*« Der Kleine steht weinend in verdächtiger Körperhaltung vor ihm und verströmt deutlich vernehmbar den herben Geruch einer vollen Windel. Hektisch kramt er im Wandschrank nach Ersatz, wird aber zu seinem Verdruss nicht fündig.

Wie kann es denn sein, dass die schon alle ver-
braucht sind? Ich hatte doch gerade erst welche ge-
kauft, denkt er verärgert. *Offenbar benötigen Kinder*
in seinem Alter mehr als eine Windel am Tag, aber
woher soll ich sowas wissen?

»Ich bringe dich morgen zu deiner Mutter, heute
habe ich keine Zeit!«, herrscht er kleinen Jungen
unfreundlich an, was nur noch weitere Tränen zur
Folge hat. »Jetzt muss ich erstmal kurz weg, um dir
neue Windeln zu besorgen. Das kann ja kein
Mensch beischaffen, so schnell, wie du die voll-
machst! Du bleibst dieses Mal schön brav hier und
stellst nichts an, hörst du? Ich bin bald wieder zurück und dann bringe ich dich zu deiner Mama!«

Leise weiter vor sich hinschimpfend, nimmt er
den Autoschlüssel vom Schlüsselbrett und eilt im
Laufschritt davon, nachdem er sich zuvor vergewissert hat, die Wohnungstür auch wirklich zweimal hinter sich abgeschlossen zu haben.

* * *

Die fünf Ermittler sind dieses Mal, da sie von
hier aus ohnehin zu Fuß gehen werden, mit nur einem Fahrzeug angereist und haben es der Einfachheit halber auf dem momentan gut besuchten Parkplatz der Edeka-Filiale abstellt. Hier wird das Zentrum der Operation sein, von dem aus sie nach einem kurzen Briefing auszuschwärmen gedenken.

Die Auswahl ist dabei für ihr Vorhaben nicht
eben gering: Gegenüber ihres Standortes sind innerhalb des vom Chef festgelegten Aktionsradius
auf Anhieb eine Postfiliale, eine Apotheke und ein
Aldi-Markt zu sehen, von den dazwischen zahlreich

vorhandenen Wohnhäusern ganz zu schweigen. Auf ihrer Seite befindet sich gleich neben dem Supermarkt eine Zweigniederlassung der Kreissparkasse.

»Ich habe mir vor der Fahrt den Busfahrplan angeschaut«, beginnt Tobias. »Die Linie 576, mit der unsere Zeugin gefahren ist, kam demnach hier um 16:05 Uhr an. Die Haltestelle ist hundert Meter von hier entfernt, somit haben wir ein exaktes Zeitfenster für die Anwesenheit des erwähnten Fahrzeugs auf diesem Parkplatz. Wir werden dennoch großzügig von jeweils einer Viertelstunde vorher und nachher ausgehen. Ihr drei nehmt die andere Straßenseite«, verteilt er als Einsatzleiter zunächst die Aufgaben an Horst, Wolfgang und Chrissie.

»Denise, du wirst dir die Bankfiliale vorknöpfen, die sicher einen Geldautomaten zur Straße aufweist. Die Überwachungskamera zeigt in diesem Fall zwar nicht hierher, doch der Fahrer des roten Kleinwagens könnte immerhin auf dem Hin- und/oder Rückweg dort vorbeigekommen sein. Ich selbst werde mich im Edeka-Markt beim Personal umhören. Sobald wir auf unserer Seite fertig sind, leisten wir euch drüben Gesellschaft. Noch Fragen?«

Nachdem die letzte, ohnehin rhetorisch gemeinte Äußerung des Hauptkommissars mit allgemeinem Kopfschütteln und gemurmelten Bestätigungen quittiert wurde, trennen sie sich und vier von ihnen eilen davon. Tobias hingegen müsste sich eigentlich bloß umdrehen, um den Supermarkt zu betreten. Da dies in Zeiten wie diesen aber nur mit Einkaufswagen und Mund-Nasen-Maske gestattet ist, besorgt er sich mit einem gebrummten »Regeln sind schließlich für alle da« zunächst den Wagen und setzt die stets mitgeführte ›Papiertüte‹ aufs Gesicht.

* * *

Fünf Minuten und zwei Erkundigungen später hat Tobias die einzige anwesende Mitarbeiterin ausfindig gemacht, die gestern gegen 16:00 Uhr Dienst an einer der Kassen hatte. Die beiden anderen Kolleginnen, auf die das zutrifft, haben entweder ihren freien Tag oder schon Feierabend. Die Chance, hier und heute erfolgreich zu sein, steht demnach zwar 1:3 gegen ihn, aber man muss hin und wieder ja auch einfach nur mal Glück haben.

»Sechzehn Uhr, sagen Sie?«, wiederholt die junge Supermarktangestellte seine Frage. »Da war gerade nicht viel los, der Bus kommt um diese Zeit ja erst an und danach ist dann mehr Betrieb. Die mit eigenem Auto sind meist auch später dran.«

»Erinnern Sie sich noch daran, ob ein Mann unter den wenigen Kunden war, der irgendwelchen Kram für Kleinkinder gekauft hat? Windeln vielleicht oder irgendwas in der Art?« Von Denise weiß Tobias, dass Zweijährige durchaus zum Windelalter gehören.

»An den erinnere ich mich sogar recht gut«, erwidert sie und setzt ein betrübtes Gesicht auf. »Der war richtig schnuckelig, und ich hatte ja keinen Ring an seinem Finger gesehen. ›Na, der wär' doch was für dich‹, dachte ich bei mir, aber als er dann die Windeln aufs Band legte ... Wieder mal Pech gehabt, sage ich Ihnen! Es ist ja auch gar nicht so leicht, einen Kerl zu finden, wenn man den ganzen Tag im Supermarkt herumhängt!« Sie schielt dabei verstohlen auf seinen Ehering.

Tobias amüsiert sich insgeheim köstlich über das ›Leid‹ der offenbar mannstollen jungen Frau, lässt sich jedoch nichts anmerken. Wie heißt es doch so schön: ›des einen Eule ist des anderen Nachtigall‹. Die Kassiererin mag über eine weitere verpasste Gelegenheit maßlos enttäuscht sein, aber sie wird sich das Objekt ihrer Begierde auch ganz sicher genauer angeschaut haben. Gut also für ihn!

»Wie bezahlte er? Bar oder mit EC-Karte?«, fragt er lauernd. Mit ein wenig Glück beging der Täter einen Fehler und zahlte wie die meisten Menschen heutzutage bargeldlos. Dann wäre es geradezu ein Kinderspiel, seine Identität herauszufinden!

»Bar. Das weiß ich deshalb noch so genau, weil er mühsam das Kleingeld aus allen möglichen Taschen zusammensuchen musste. Das dauerte etwas.«

»Schade … Würden Sie sich zutrauen, unserer Polizeizeichnerin eine genügend genaue Beschreibung von dem Mann zu geben, damit sie daraus ein Phantombild anfertigen kann?«, erkundigt er sich daher als Nächstes bei ihr.

»Das kann ich ganz bestimmt!«, nickt sie eifrig, plötzlich völlig aufgeregt wegen der bevorstehenden Abwechslung in ihrem tristen Dasein. »Soll ich dazu auf Ihr Kommissariat mitkommen, oder wie läuft sowas ab?«

»Das wird sicher nicht nötig sein. Sind Sie noch eine Weile hier? Ich rufe schnell die Kollegin an und sie kommt dann hierher zu Ihnen! Es kann aber eine Stunde dauern, bis sie hier ist.«

»Das ist kein Problem, Herr Kommissar! Der Laden ist bis 20:00 Uhr geöffnet und ich habe heute Spätdienst.« Tobias Heller nickt zufrieden und greift im Hinausgehen zum Handy, um den Anruf zu tätigen. Der Besuch im Supermarkt war auf jeden Fall ein voller Erfolg!

Draußen wartet Denise bereits auf ihn. »Wen hast du gerade angerufen?«, erkundigt sie sich neugierig, nachdem er das Mobiltelefon eingesteckt hat. Sie hat natürlich gleich gecheckt, dass er das Diensthandy benutzt hat.

»Alexandra Stein. Eine von den Kassiererinnen hat vielleicht unseren mutmaßlichen Täter gesehen. Alex kommt hierher, um mit ihr zusammen ein Phantombild zu machen. Und wie lief es in der Bank?«

»Es existiert tatsächlich eine Kamera zur Straße, ganz wie du es vermutet hattest, aber die rücken die Aufnahmen nur unter Vorlage einer richterlichen Anordnung heraus!«

Tobias stößt einen tiefen Seufzer aus und greift erneut zum Telefon. »Ich sage nur schnell dem Chef Bescheid, dass er das regeln soll. Und danach gehen wir wie besprochen rüber auf die andere Straßenseite und helfen unseren Kollegen, ich möchte nämlich irgendwann auch mal nach Hause!«

Sorgfältig auf den um diese Uhrzeit träge fließenden Verkehr achtend, eilen die Kommissare über die Fahrbahn. Der rote Toyota, der gleichzeitig hinter ihnen auf den Supermarktparkplatz einbiegt, entgeht deshalb ihrer Aufmerksamkeit.

* * *

Am Abend, irgendwo im Rhein-Sieg-Kreis

Ich muss dieses lästige Balg unbedingt schnellstmöglich loswerden! Was hatte ich saublöder Idiot mir bloß dabei gedacht, ihn mitzunehmen? Der Kleine ist nur ein Klotz am Bein, aber er kann ja schlecht ganz alleine in der Wohnung bleiben, wenn ich das Haus verlasse. Das war heute eine absolute Ausnahme! Und draußen wird man ihn aufgrund dieser dämlichen Zeitungsmeldung mit Sicherheit irgendwann erkennen! Langsam beginne ich bereits eine Paranoia deswegen zu entwickeln!

Die Frau an der Kasse im Drogeriemarkt vorgestern hatte den Jungen schon so merkwürdig angeschaut, oder habe ich mir das bloß eingebildet? Jedenfalls bleibt er seitdem im Wagen, mit der Kindersicherung kommt er in dem Alter ja noch nicht zurecht. Eine Dauerlösung ist das aber nicht und außerdem guckte die Kassiererin im Supermarkt auch so komisch, und da war der Kleine gar nicht bei mir! Und vorhin schon wieder! Nein, dieses Kind muss sofort weg, und dann mache ich hier die Biege!

Mein Nachbar aus der Wohnung nebenan benimmt sich neuerdings auch immer so merkwürdig, wenn er mich mit dem Jungen sieht. Das hat garantiert ebenfalls mit dieser Suchmeldung zu tun! Dieser alte Sack ist sowieso krankhaft neugierig und spioniert jedem hier im Haus hinterher, kontrolliert sogar regelmäßig

111

die Mülltonnen, ob der Abfall auch wirklich korrekt getrennt wurde! Ob er den Kleinen wohl erkannt hat? Bestimmt! Dann wird es sicher nicht mehr lange dauern, und es wimmelt hier nur so von Polizisten!

Ich möchte ja gerne mal wissen, wie die das so schnell herausgefunden haben und vor allem, seit wann die schon nach dem Jungen suchen! Viel Zeit bleibt mit Sicherheit nicht mehr, ich muss mir also recht bald etwas überlegen! In der Wahl der Mittel darf ich dabei aber zu meinem eigenen Schutz nicht gerade zimperlich sein, die letzte moralische Grenze habe ich sowieso längst überschritten. Und man lässt mir ja auch gar keine andere Möglichkeit!

Kapitel 6

»Ich kann einfach nicht glauben, dass uns der Kerl gestern Nachmittag durch die Lappen gegangen ist!«, schimpft Denise Malowski lauthals. Ihre wie immer gleich zu Dienstbeginn gefüllte Kaffeetasse hat sie entgegen ihrer sonstigen Gewohnheit nicht angerührt. »Der muss doch nur Minuten, nachdem wir dort weg sind, am Supermarkt eingetroffen sein, und eine halbe Stunde später war Alex Stein wegen der Phantomzeichnung da! Wie viel Pech kann man denn noch haben?«

Die Kommissare waren schier aus allen Wolken gefallen, als die Zeichnerin ihnen bei ihrer Rückkehr nicht nur ein gelungenes Phantombild präsentierte, sondern außerdem eine schlechte Nachricht überbrachte: Der Mann, dem dieses Konterfei gewidmet ist, war in der Zwischenzeit erneut im Supermarkt aufgetaucht, um Windeln zu kaufen!

»Dagegen sind wir machtlos, Denise«, versucht Tobias Heller sie zu beschwichtigen. »Sowas passiert eben! Horst müsste aber innerhalb der nächsten Stunde mit den Aufnahmen von der Überwachungskamera der Bank zurück sein. Er wird dann zusätzlich die Sequenzen aus der fraglichen Zeit gestern Nachmittag mitbringen. Wir wissen immerhin auch dieses Mal ziemlich genau, wann das gewesen ist!«

»Wir haben dadurch einen weiteren Tag verloren, Tobi! Interessiert es denn außer mir keinen, was mit Nicklas ist? Es ist fast eine ganze Woche her, dass seine Mutter getötet wurde. Wer weiß, wo er jetzt ist und ob er überhaupt noch lebt!«

»Natürlich geht uns das nahe! Wir tun schließlich seit fünf Tagen nichts anderes, als seinen Entführer aufzuspüren! Und wo der ist, ist auch Nicklas! Du bist *nicht* seine Mutter, Denise!«

»Das ist doch vollkommen egal! Der Kleine braucht jetzt jede Unterstützung, die er bekommen kann! *Ich* jedenfalls werde nicht eher ruhen, bis er gefunden wurde!«

Hoffentlich ist Horst bald mit den Videoaufnahmen zurück!, schickt Tobias ein stummes Stoßgebet gen Himmel. *Dann kommt sie vielleicht mal für ein paar Stunden auf andere Gedanken. Ihre Hormone spielen ja total verrückt, so kenne ich sie gar nicht!*

* * *

Sein Gebet wurde erhört. Der Kollege stürmte, als wäre er sich des Ernstes der Lage vollauf bewusst, schon vierzig Minuten später mit zwei Datenträgern in ihr Büro, von denen er Denise und Tobias je einen überreichte. Seither sind sie mit der Sichtung des jeweils exakt eine Stunde umfassenden Videomaterials beschäftigt.

»Bei mir gibt es etliche rote Kleinwagen, die in der fraglichen Zeit dort vorbeigefahren sind«, macht sich Denise bemerkbar, nachdem sie ihr Video sorgfältig durchgesehen hat. Sie hat die DVD mit der Aufnahme von gestern Nachmittag erwischt. »Aber das war im Grunde zu erwarten, da diese Farbe gerade bei Kleinwagen äußerst beliebt ist. Ich habe allerdings einen Toyota Yaris, der *zweimal* an der Kamera vorbeifuhr, einmal um 14:32 Uhr und das zweite Mal exakt vierzehn Minuten später. Das reicht sicher allemal, in den Supermarkt zu gehen, Windeln zu kaufen und wieder zurückzufahren.«

»Das war zudem etwa die Zeit, wo wir beide den Parkplatz verlassen haben«, nickt Tobias. »Das wird dann unser Mann sein, denn auf meiner Aufnahme von Dienstag gibt es ebenfalls eine entsprechende Sichtung. Ein roter Toyota Yaris fuhr um 15:57 Uhr an der Kreissparkasse vorbei und kam eine gute Viertelstunde später wieder zurück. Wir können also davon ausgehen, dass der Besitzer des Fahrzeugs im südlichen Randbereich von Neunkirchen-Seelscheid oder einem der zahlreichen Nebenorte wohnt. Leider kann man das Kennzeichen nicht erkennen und der Fahrer ist nur sehr undeutlich zu sehen.«

»Bei mir ist es ebenso. Allerdings ist das Bild auch nicht besonders deutlich, es ist ja eigentlich nicht für diesen Zweck gedacht. Vielleicht kann Amara es noch etwas schärfer für uns zaubern, wir bringen ihr die Aufnahmen am besten nachher auf dem Weg zum Besprechungsraum vorbei. Es ist nämlich in wenigen Minuten an der Zeit für die Dienstbesprechung!«

* * *

»Ohne erkennbares amtliches Kennzeichen bringt uns das momentan leider nicht so viel«, äußert sich Donner skeptisch zu den neuesten Erkenntnissen seiner leitenden Ermittler. »Das infrage kommende Einzugsgebiet ist auch nicht gerade klein, der könnte sonst wo hergekommen sein. Wir sollten daher erst das Ergebnis der Bildbearbeitung abwarten, bevor wir in womöglich ohnehin unangebrachte Euphorie ausbrechen!«

»In dieser Gegend liegen sowohl die Wohnung von Nadine Kemper als auch diese ominöse Brandruine«, widerspricht Tobias Heller ihm sofort. »Das Skelett wurde ebenfalls nicht weit davon entfernt gefunden. Also, wenn das alles bloß ein dummer Zufall ist ...«

»Wo wir schon dabei sind«, übergeht Donner die unterschwellige Kritik des Ermittlers. »Vorhin kamen die noch ausstehenden Ergebnisse der DNA-Analysen herein. Demnach handelt es sich bei dem Knochenmann mit einer Sicherheit von 99,999999 Prozent um Dennis Holm, aber«, hebt er die Hand, um dem aufbrandenden Gemurmel Einhalt zu gebieten, »eine Verwandtschaft zu Nicklas Kemper ist mit derselben Wahrscheinlichkeit praktisch ausgeschlossen, er ist also definitiv *nicht* sein Vater!«

»Irgendwie passt das aber genau ins Bild«, überlegt Wolfgang Müller. »Wir wissen dadurch nämlich, dass es einen dritten Beteiligten im direkten sozialen Umfeld der Frau gab. Und damit ist nicht der jetzt von uns gesuchten Täter gemeint, obwohl mein Bauch sagt, dass es sich dabei um ein und dieselbe Person handelt!«

»Da hat dein *Bauch* aber eine gewaltige Stimme!«, grinst Chrissie Ohlsen anzüglich mit einem bezeichnenden Blick auf die stattliche Figur ihres Partners, der schon vor geraumer Zeit die Hundert-Kilo-Marke deutlich überschritten hat.

Bevor der Oberkommissar zu einer seiner üblichen flapsigen Entgegnungen ansetzen kann, die wahrscheinlich in irgendeiner Form das Wort ›Hänfling‹ beinhaltet hätte, betritt Amara Jones den Raum. In der Hand hält die IT-Spezialistin einige Ausdrucke aus den Videodateien, die sie zunächst für alle gut sichtbar unter dem ebenfalls brandneuen Phantombild an der Tafel anbringt, bevor sie ihren Platz direkt daneben einnimmt.

»Wie ihr selbst sehen könnt, habe ich die Bilder zwar sehr viel schärfer hinbekommen«, beginnt sie mit ihrem kurzen Vortrag. »Trotzdem ist kaum etwas zu erkennen. Der Fahrer ist durch die Spiegelung in der Scheibe, die ich leider nur unvollständig eliminieren konnte, entweder bloß schattenhaft zu sehen oder eben von hinten, dürfte aber eurem Phantombild entsprechen. Beide Nummernschilder sind trotz meiner Bemühungen ebenfalls unleserlich geblieben, und zwar aus einem ganz einfachen Grund: Sie sind nämlich so gründlich verdreckt, dass nicht mal der Zulassungsbezirk zu erkennen ist. Tut mir leid, aber mehr war nicht drin!«

»Trotzdem vielen herzlichen Dank für die schnelle Arbeit, Amara!«, beeilt sich Donner, zu sagen. Für den Misserfolg kann sie ja nichts. »Aufgrund des höchst erfreulichen Umstandes, dass der Verdächtige innerhalb von achtundvierzig Stunden zweimal derselben Kassiererin im Supermarkt aufgefallen ist, haben wir jetzt immerhin eine sehr genaue Vorstellung von ihm«, zeigt er auf die Zeichnung. »Demnach ist unser Mann eine gepflegte Erscheinung, etwa dreißig Jahre alt, ungefähr 1,80 Meter groß und von normaler Statur. Die Augenfarbe ist graublau und die braunen Haare trägt er mittellang. Gekleidet war er beide Male in Bluejeans und T-Shirt ohne Aufdruck. Ich denke, wir können dieser ungewöhnlich exakten Beschreibung vertrauen.«

»Zumal unsere Zeugin hin und weg war, als er das erste Mal vor ihr stand, und sie sich schon Chancen bei ihm ausgerechnet hatte. Bis er dann die Pampers aufs Band legte!«, grinst Tobias und greift reflexartig zu seinem stummgeschalteten Diensthandy vor ihm auf dem Tisch, das einen eingehenden Anruf anzeigt. »Sorry, da muss ich rangehen«, vertröstet er seinen Vorgesetzten mit einem Blick auf das Display. »Das ist die Polizeiwache!«

»Heller?«, meldet er sich knapp und lauscht dann stumm der Stimme am Telefon. In den folgenden zwei Minuten hören die Kollegen von ihm nur noch Satzfetzen wie ›aha‹, ›ja, ich weiß, wo das ist‹ und zum Abschluss ein hastiges ›danke, wir werden der Sache umgehend nachgehen‹. Dann ist das Gespräch zu Ende. Als er das Handy einsteckt, sieht er die Augen sämtlicher Anwesenden fragend auf sich gerichtet.

»In Neunkirchen-Seelscheid wurde in einer Wohnsiedlung ein kleiner Junge gesehen, dessen Beschreibung auf Nicklas passt!«, verkündet er und springt gleichzeitig von seinem Platz auf. Denise war jedoch schneller und sprintet bereits zur Tür, gefolgt von Chrissie, Wolfgang und Horst, die nun ebenfalls nichts mehr auf ihren Stühlen hält.

»Ihr drei nicht!«, ruft der Erste Hauptkommissar Letztere im Befehlston zurück, was sie sofort innehalten lässt. Wenn der Chef diesen Ton anschlägt, sind Diskussionen wenig angebracht. »Ein paar von euch brauche ich hier im Kommissariat, falls weitere Meldungen hereinkommen! Wir wissen ja noch gar nicht, ob *diese* Nachricht überhaupt der Wahrheit entspricht! Außerdem muss einer von euch den Eheleuten Holm Bescheid geben, dass wir ihren Sohn gefunden haben. Sie armen Leute haben es verdient, nach all den Jahren endlich Gewissheit über sein Schicksal zu erhalten!«

* * *

Die vom Wachhabenden durchgegebene Adresse liegt tatsächlich in dem angenommenen Quadranten südlich des Ortskerns von Neunkirchen-Seelscheid. Tobias prügelt den Wagen mit Blaulicht und eingeschaltetem Martinshorn über die Zeithstraße, die am Ortsrand von Siegburg in die B56 übergeht. Dieser brauchen sie dann nur noch zu folgen, um in die Nähe ihres Ziels zu kommen.

Für den etwa zehn Kilometer langen Weg werden sie günstigenfalls eine Viertelstunde benötigen, da er durch mehrere Ortschaften führt. Schneller ginge es sicher, wenn Denise am Steuer säße, Tobias konnte ihr jedoch den Zündschlüssel gerade eben noch vor der Nase wegschnappen. Seine Partnerin ist bis zur Halskrause mit Adrenalin vollgepumpt. Sie in diesem Zustand fahren zu lassen, hält er bei aller Freundschaft für keine gute Idee!

Als sie etwa zwei Kilometer vom Ziel entfernt sind, schaltet er das Martinshorn aus, um dem Entführer nicht gleich ihre Annäherung zu signalisieren. Gerade noch rechtzeitig, denn die eigene Sirene ist kaum verhallt, da naht von hinten lautstark ein ganzer Löschzug nebst Ambulanz und Notarzt! Tobias bleibt nichts anderes übrig, als am Straßenrand zu warten, bis die Kolonne vorbei ist.

Die düstere Vorahnung, die sie beim Anblick der Rettungsfahrzeuge befallen hat, soll sich nur wenige Minuten später bestätigen. Aus einem der Obergeschosse des vierstöckigen Wohnhauses mit der Hausnummer 21 schlagen wütende Flammen, die von den Feuerwehrleuten bei ihrer Ankunft bereits auf ausgefahrenen Leitern verbissen bekämpft werden.

Hinter der weiträumig gefassten Absperrung drängt sich eine größere Menschenansammlung, die sich wahrscheinlich vornehmlich aus den Hausbewohnern zusammensetzt. Mit Sicherheit sind aber auch die üblichen Schaulustigen dabei. Und bei dem lichterloh brennenden Gebäude handelt es sich zu allem Unglück um ihre Zieladresse!

Denise Malowski wendet sich schreckensbleich an den Löschgruppenführer, der ein paar Meter weiter neben einem Löschfahrzeug die Szene beobachtet. Er ist unzweifelhaft an dem Megafon in der

Hand und den Abzeichen eines Feuerwehrhauptmanns auf den Schultern zu erkennen. »Bitte, ist da noch jemand in dem Haus?«, fragt sie ihn ängstlich, nachdem sie ihm ihren Dienstausweis gezeigt hat.

»Wir wissen es derzeit nicht mit absoluter Sicherheit, Frau Kommissarin!«, schüttelt der Mann den Kopf, um gleich darauf in sein Megafon zu brüllen: »Nimm den Schlauch etwas weiter nach oben, Klaus! Die Flammen lecken schon an der darüber liegenden Etage, siehst du das denn nicht? Sorry«, wendet er sich dann in normaler Lautstärke wieder an Denise. »Sie sehen ja selbst, was hier los ist! Um Ihre Frage zu beantworten: Das Haus wurde zu Beginn der Löscharbeiten vollständig evakuiert. Doch das bedeutet nur, dass sämtliche Bewohner, die wir erreichen konnten, jetzt hier draußen sind. Sollte sich trotzdem noch jemand in der brennenden Wohnung aufhalten, können wir leider nichts mehr für ihn tun!«

* * *

»Entschuldigen Sie?« Die wie betäubt dastehende Ermittlerin wird auf den älteren Mann hinter ihr erst aufmerksam, als dieser ihr nach wiederholt erfolglosem Ansprechen beherzt an der Dienstweste zupft, auf der in großen, weißen Lettern ›POLIZEI‹ zu lesen ist. Tobias hat ein paar Meter abseits davon schon mit der Befragung einiger Zuschauer begonnen. *Wir sind zu spät gekommen*, geht es ihr immer wieder in einer Endlosschleife durch den Kopf. *Es war alles umsonst!*

»Ich … Ich habe Sie vorhin angerufen«, stottert er verlegen, als Denise sich ihm endlich zuwendet.

»Der Mann mit dem Kind, das Sie suchen ... Er wohnt in der Wohnung nehmen mir. Das ist die, die jetzt in Flammen steht. Es würde mich echt nicht wundern, wenn der Kerl sie vor seiner Flucht selbst angezündet hätte. Der kam mir gleich verdächtig vor!«

»Flucht, sagen Sie?« Tobias Heller ist auf die Szene aufmerksam geworden und unbemerkt zu seiner Partnerin getreten, die sich jetzt wieder gefangen hat und übergangslos in den Polizistenmodus gewechselt ist. »Das heißt, diese Wohnung ist momentan leer? Haben Sie *gesehen*, wie der Mann mit dem Kind das Haus verlassen hat?«

»Karsten Engels«, schüttelt der Zeuge verstört den Kopf. »So steht es auf seiner Klingel ... Hätte ich doch nur früher angerufen! Der ist mir nämlich schon vor Tagen aufgefallen, weil er plötzlich ein Kind bei sich hatte. Und als dann das Bild von dem kleinen Jungen in der Zeitung war ... Ich habe aber nur *ihn* gesehen, das Kind war nicht bei ihm, als er in sein Auto stieg!« Die letzten Worte kommen nur noch flüsternd über seine Lippen.

* * *

Tobias legt ihr kameradschaftlich den Arm um die Schultern. »Das muss gar nichts bedeuten, Denise«, versucht er die mit den Tränen kämpfende Kollegin zu trösten. »Nicklas kann sonst wo sein, oder dieser Wichert hat nicht genau hingesehen!«

Dass sie hier an der richtigen Adresse sind, kann er aber nicht so leicht wegdiskutieren, da der Zeuge den Nachbarn auf dem Phantombild zweifelsfrei erkannt hatte. Daraufhin hatten sie zuallererst die

herumstehenden Hausbewohner und Schaulustigen nach Nicklas abgesucht. Leider erfolglos, und es
wollte ihn auch niemand gesehen haben.

Nun sitzen sie einträchtig nebeneinander abseits
des Geschehens auf der Bordsteinkante und warten
ungeduldig auf das Ende der Löscharbeiten. »Wir
sollten die Forensik informieren«, überlegt Denise
schniefend. »Vielleicht hat das Feuer ja irgendwas
für uns übriggelassen. Wir müssen diesen Mistkerl
einfach erwischen Tobi!« Ihr grimmiger Tonfall be-
weist, dass sie an ein gutes Ende längst nicht mehr
glaubt.

*Ich möchte nicht in seiner Haut stecken, wenn sie
ihn als Erste in die Finger bekommt*, denkt Tobias.
Denise würde sich zwar normalerweise niemals zu
irgendwelchen unüberlegten Handlungen hinrei-
ßen lassen, dazu ist sie viel zu gewissenhaft, doch in
diesem Fall würde er darauf nicht schwören!

Ihn selbst lässt diese Sache ganz sicher nicht kalt,
aber einer muss jetzt und hier die Übersicht behalten! Dummerweise gibt es von dem Fluchtfahrzeug
keine brauchbare Beschreibung, da die Kennzeichen
nach Angabe des Nachbarn ihm und den Hausbewohnern nie anders als völlig verdreckt und unleserlich unter die Augen gekommen waren.

Bleibt allenfalls eine Fahndung mit dem immerhin nun vorliegenden Phantombild. Ein Karsten Engels war jedenfalls, wie eine rasche telefonische Anfrage bei der Einwohnermeldebehörde ergab, unter
dieser Adresse niemals bekannt. Somit besteht eine
recht große Wahrscheinlichkeit dafür, dass dieser

Name falsch ist. Tobias holt gefrustet sein Handy hervor, um die Forensik über den bevorstehenden Einsatz zu informieren.

Währenddessen wird Denise schon zum zweiten Mal innerhalb einer Stunde durch ein zaghaftes Zupfen an ihrer Weste aus ihren düsteren Gedanken gerissen. Diesmal ist der Störenfried ein etwa zehnjähriges Mädchen, das sich mit forsch in die Hüften gestemmten Armen vor ihr aufgebaut hat. Das wird es sicher von der Mutter abgeguckt haben.

»Ich habe gehört, du suchst nach einem kleinen Jungen?«, sagt das Kind selbstbewusst. »Ist der vielleicht ungefähr so groß?« Dabei hält es die Hand in Hüfthöhe, was der Ermittlerin ein erstes zaghaftes Lächeln entlockt. Das wäre nämlich nur ein halber Meter, was wohl eher für ein Baby gilt!

»Hast du denn so einen kleinen Jungen gesehen?«, fragt sie mit neu aufflackernder Hoffnung. Vielleicht geschieht heute ja doch noch ein Wunder!

»Da hinten an der Straßenecke ist ein Spielplatz«, nickt das Mädchen und zeigt in die genannte Richtung. »Da geht nie einer hin, weil es da so dreckig ist. Da ist aber jetzt ein kleiner Junge und spielt im Sandkasten!« Die letzten Worte hört Denise nur noch von weitem, denn sie ist bereits im Laufschritt zu der etwa fünfzig Meter entfernten Stelle unterwegs.

* * *

Gott sei Dank, er lebt! Der kleine, nur mit einem dünnen Unterhemd und einer Pampers bekleidete

Junge auf dem Spielplatz ist Nicklas, Denise erkennt ihn schon von weitem an seinem niedlichen blonden Wuschelkopf!

Er hockt in dem ansonsten verwaisten Sandkasten und wühlt in Ermangelung einer Schaufel mit beiden Händchen in der feuchten, lehmigen Erde herum, die er dann sorgfältig neben sich anhäuft. In kindlicher Konzentration hat er die Zungenspitze zwischen die winzigen Milchzähne geschoben.

Die Kommissarin setzt sich ohne Umstände neben ihn in den Sand, es ist ihr in diesem Augenblick völlig egal, dass ihre Hose schmutzig wird. »Hallo Nicklas!«, spricht sie das Kind freundlich an, das nicht einmal aufgeschaut hat. »Ich heiße Denise! Na, was baust du denn da Schönes? Wird das eine Burg?«

»Weiß nicht«, nuschelt der Kleine, ohne sie auch jetzt dabei anzuschauen. »Bringst du mich zu meiner Mama? Der Onkel hat es mir nämlich versprochen, aber das war gelogen!«

Ihr fällt sofort auf, dass Nicklas sich für sein Alter erstaunlich verständlich ausdrücken kann und auch nicht in der dritten Person von sich spricht, was für ein zweijähriges Kind schon recht ungewöhnlich ist. Offenbar hat sie hier ein kleines Genie aufgetan, ihre Tochter war erst ein halbes Jahr später so weit.

»Weißt du, deine Mama musste dringend was ganz Wichtiges erledigen«, flüchtet sich Denise tränenerstickt in eine geschwind ausgedachte Ausrede und wuschelt ihm zärtlich durch die dichten Locken. »Sie hat mich aber extra zu dir geschickt und ich soll dir von ihr sagen, dass sie dich ganz doll lieb hat!«

»Ist meine Mama jetzt im Himmel?«, wechselt der Kleine plötzlich sprunghaft das Thema und schaut sie nun doch mit großen Augen fragend an. »Der Onkel hat sie nämlich ganz laut angeschreit und ihr mit einem Messer Aua gemacht hat er auch, und sie hat ganz viel geblutet. Dann ist meine Mama mit mir im Auto weggefahren, aber weiter weiß ich nicht mehr!«

Dabei wird es hoffentlich auch bleiben, denkt Denise bestürzt. *In seinem Alter vergisst man ja zum Glück schnell.* »Der böse Onkel ist jetzt weg, er kann dir und deiner Mama nichts mehr tun!«, verspricht sie ihm, von aufkommenden Muttergefühlen schier überwältigt. »Weißt du was? Ich nehme dich erstmal mit zu mir! Ich habe eine kleine Tochter und eine Katze, mit denen kannst du spielen. Na, was meinst du?«

Statt einer Antwort steht Nicklas auf und streckt ihr vertrauensvoll sein vom Graben in der lehmigen Erde schmutziges Händchen entgegen. Als hätten sie nie etwas anderes getan, spazieren sie Hand in Hand vom Spielplatz. Aufgrund der kurzen Beinchen des Kindes geht das naturgemäß nicht ganz so schnell.

»Du, Denise?«, fragt der Kleine sie ein paar wacklige Schritte später neugierig. »Warum hast du denn eine Pistole? Bist du ein Cowboy?«

»Nun ja, Cowboys sind meistens Männer, oder?«, schmunzelt sie. »Und sie haben einen riesigen Hut auf dem Kopf und sitzen auf einem Pferd. Ich habe nichts von alldem, wie du siehst. Ich bin nämlich von der Polizei!« *Und übermorgen ist mein vierzigster Geburtstag,* geht es ihr durch den Sinn. *Ein schöneres Geschenk hätte man mir nicht machen können!*

Teil II

Kapitel 7

»Hi, Tobi!« Denise betritt gut gelaunt das gemeinsame Büro und setzt sich entgegen ihrer Gewohnheit unverzüglich an ihren Schreibtisch, wobei sie eine heitere, beschwingte Melodie vor sich hin summt. Tobias vermutet aus gegebenem Anlass, dass es sich dabei um ein Kinderlied handelt.

»Wie, kein Kaffee heute?«, wundert er sich. Seit sie zusammenarbeiten, und das sind immerhin schon elf Jahre, ist der Gang zur Maschine morgens immer ihre erste Handlung, noch bevor sie ihren Arbeitsplatz einnimmt. Und weil Denise als ausgemachter Morgenmuffel ohne ihr Lieblingsgetränk für Stunden unausstehlich ist, hat er es sich schon aus Gründen des Selbstschutzes zur Angewohnheit gemacht, die Kaffeemaschine bei Dienstbeginn einzuschalten.

»Ist das etwa wegen Nicklas? Dann habe ich eine gute Nachricht für dich: Du musst ihn nicht stillen!« Das bekannte jungenhafte Grinsen macht sich auf seinem Gesicht breit, als er in ihre verblüffte Miene blickt. Hastig holt sie das Versäumte nach und stellt die gefüllte Tasse auf ihren Schreibtisch. »Übrigens noch einen herzlichen Glückwunsch nachträglich zu deinem Geburtstag. Du siehst mir aber nicht gerade danach aus, als hättest du eine diesem Anlass angemessene Feier hinter dir!«

Natürlich weiß er genau, dass es eine solche Feier gar nicht gegeben haben kann, sonst wären er seine Frau Melanie dazu eingeladen gewesen. Und Chrissie als beste Freundin sowieso. Doch Partys sind derzeit eben nicht angesagt und Denise wird am Wochenende ohnehin alle Hände voll mit dem ungeplanten ›Familienzuwachs‹ zu tun gehabt haben. Als polizeilicher Ermittler ist er jedoch an gewissen Einzelheiten interessiert, da der Kleine ihr einziger Tatzeuge ist, wenn man so will.

»Danke, aber eigentlich möchtest du wissen, was Nicklas mir erzählt hat!«, vermutet sie lächelnd, als hätte sie seine Gedanken gelesen. Sie nimmt jedoch zunächst einen kräftigen Schluck aus ihrer Tasse. »An sehr viel kann er sich sowieso nicht mehr erinnern. Die Autofahrt ist ihm nur verschwommen im Gedächtnis geblieben und von dem Unfall weiß er überhaupt nichts.«

»Wahrscheinlich hatte er sogar bei dem Aufprall kurz das Bewusstsein verloren, das würde jedenfalls seine diesbezügliche Erinnerungslücke hinreichend erklären. Sein Entführer war vermutlich sofort zur Stelle und holte ihn aus dem Wagen. Daher auch das offene Seitenfenster. Es gab demnach tatsächlich eine Verfolgungsjagd!«

»Vermutlich. Dagegen können wir jedoch als gesichert annehmen, dass es zwischen seiner Mutter und dem Täter einen heftigen Streit gegeben hat, der dann eventuell eskalierte und in der letztlich tödlichen Messerattacke gipfelte. Nicklas erinnert sich nur noch an das viele Blut und dass sie ihn gepackt hat und mit ihm aus der Wohnung geflüchtet ist.«

»Aber wie ist er am Freitag auf diesen Spielplatz gekommen? Wenn wir dem Zeugen Wichert Glauben schenken wollen, ist der Entführer ohne ihn abgehauen und der Kleine hätte demnach noch in dem brennenden Haus sein müssen«, erinnert Tobias sich mit Schaudern an den eisigen Schrecken, den ihnen allein die Vorstellung dieser grausigen Möglichkeit eingejagt hatte. Zum Glück hatte sie sich dann doch nicht bewahrheitet.

»Wichert wird sich geirrt haben. Nicklas sagte mir jedenfalls, dass der Mann, den er ›Onkel‹ nennt, ihn zum Auto brachte und anschließend noch einmal ins Haus ging. Wahrscheinlich, um die Wohnung anzuzünden. Am Spielplatz hat er ihn ohne Erklärung im Sandkasten abgesetzt und ist einfach davongefahren. Den Rest weißt du!«

»Damit gibt er zumindest eine grobe Fluchtrichtung vor, wobei uns das aber natürlich nicht wirklich weiterbringt. Der bei der Wohnungsanmietung angegebene Name war vermutlich falsch und das Kennzeichen seines Autos wissen wir nicht. Wie macht sich der Kleine eigentlich?«, wechselt Tobias unvermittelt das Thema.

»Er hat den Verlust der Mutter bisher nicht recht realisiert, denke ich. Kinder in seinem Alter haben ja noch keine konkrete Vorstellung vom Tod, in seiner Fantasie sitzt sie als Engel auf einer Wolke und passt auf ihn auf. Außerdem hat er viel mit Leo gespielt.

Sie war ganz hin und weg, als ich mit ihm nach Hause kam, und hat seitdem weitgehend auf den üblichen Unfug verzichtet. Sie glaubt nämlich, Nicklas sei ihr kleiner Bruder, den sich gewünscht hat.«

»Na, wenigstens ist *dieser* Teil der Geschichte gut ausgegangen. Was allerdings den Rest angeht, stehen wir wieder einmal ganz am Anfang. Unsere einzige konkrete Spur ist im Augenblick das Phantombild, denn auf Hinweise aus der Bevölkerung brauchen wir wohl nicht zu hoffen, jetzt wo der Junge nicht mehr bei ihm ist. Wenigstens in dieser Hinsicht war der Versuch des Chefs, ihn mit der Suchmeldung aus seinem Versteck aufzuscheuchen, irgendwie von Erfolg gekrönt, wenn auch anders als ursprünglich gedacht.«

»Warten wir erst einmal den Bericht der Forensik ab, Tobi! Vielleicht hat die Untersuchung der ausgebrannten Wohnung ja doch noch etwas ergeben. Wie pflegt Jürgen stets zu sagen? Irgendetwas findet sich immer!«

* * *

»Das erste von insgesamt mindestens zwei Kapiteln dieser tragischen Geschichte ist nunmehr erfolgreich abgeschlossen!«, verkündet Donner ungewohnt enthusiastisch gleich zu Beginn der Fallbesprechung. Dabei strahlt er über das ganze Gesicht.

Denise hatte ihn am Freitag noch vom Einsatzort aus sofort angerufen und vor lauter Aufregung nur drei Worte herausgebracht: »Wir haben ihn!« Aber es genügte, ihn und die im Kommissariat verbliebenen Kommissare in sicherlich weithin zu hörende Jubelrufe ausbrechen zu lassen. Seine eigene grenzenlose Erleichterung über den glücklichen Ausgang dieses Einsatzes ist ihm selbst jetzt noch überdeutlich anzusehen.

»Ihr habt in den vergangenen Tagen unermüdlich ermittelt und herausragende Arbeit geleistet!«, fährt er sogleich mit bewegter Stimme fort. »Wie ihr euch erinnert, erteilte ich vor genau einer Woche nur eine einzige Order. Sie lautete: Findet Nicklas! Und ihr habt es geschafft, wenn auch letztlich auf eine etwas, sagen wir, unorthodoxe Weise!«, lächelt er in Denises Richtung. »Wie geht es dem Kleinen denn jetzt?«

Die Hauptkommissarin wiederholt zunächst, was sie vorhin schon ihrem Partner berichtet hatte. »Ich habe übrigens bereits am Freitag mit dem Jugendamt gesprochen«, informiert sie ihren Vorgesetzten zum Abschluss. »Die sind bis zur endgültigen Entscheidung damit einverstanden, dass Nicklas zunächst in meiner und Svens Obhut bleibt.«

»Du hast demnach eine Vormundschaft für ihn beantragt?«, vermutet Donner, sicherlich nicht ganz zu Unrecht. Das haben ohnehin alle kommen sehen.

»Irgendjemand muss sich ja schließlich um ihn kümmern!«, entgegnet Denise trotzig. »Die Mutter ist tot, der Vater unbekannt, und die Großeltern leben in Kanada und zeigten sich zudem nicht gerade begeistert über diesen unerwarteten Familienzuwachs. Ich habe sie natürlich umgehend von seiner Existenz in Kenntnis gesetzt. Außerdem vertraut Nicklas mir!«

»Hey, alles gut!«, lacht Donner über den Gefühls-ausbruch seiner Ermittlerin. »Kommen wir aber jetzt zu dem flüchtigen mutmaßlichen Mörder, Ent-führer und Brandstifter! Ich darf euch darüber in-formieren, dass seit heute eine bundesweite Fahn-dung läuft, da er nach Lage der Dinge nachweislich zumindest für den Wohnungsbrand verantwortlich ist. Jürgen wird uns gleich mehr dazu sagen, denke ich. Und weil bei der Aktion das ganze Haus hätte abbrennen können, hat er sich letztendlich des ver-suchten Totschlags in achtundvierzig Fällen schul-dig gemacht, denn das ist die exakte Anzahl an Per-sonen, die sich bei Ausbruch des Feuers im Gebäude aufhielten, darunter einundzwanzig Kinder. Zu-mindest *deren* Leben hat er leichtfertig aufs Spiel gesetzt!«

»Immerhin hat er dem Jungen aber die ganze Zeit über nichts angetan und ihn am Ende sogar in einem belebten Viertel ausgesetzt, wo er schnell ge-funden wurde!«, wendet Chrissie ein.

»Das besagt doch gar nichts!«, widerspricht Denise ihr sofort. »Vielleicht hat er Nicklas ur-sprünglich ja mitnehmen wollen, es sich dann je-doch anders überlegt, weil der Kleine ihm zu viel gequengelt hat.«

»Oder aber er hat in der Zeit, die das Kind bei ihm war, irgendeine Art Beziehung zu diesem auf-gebaut«, relativiert Donner. »Zudem besteht bei ei-nem Zweijährigen ja wohl kaum eine Gefahr, dass er seine Identität enthüllt! Wir werden es sicher er-fahren, sobald sich der Kerl hinter Schloss und Rie-gel befindet, und dorthin bringt ihn womöglich schon bald der Bericht der Forensik zur ausgebrannten Wohnung! Jürgen?«, nickt er deren Leiter auffordernd zu.

»Ich kann es dieses Mal kurz machen«, äußert sich der Wissenschaftler ungewohnt knapp. Nicht einmal seine Lesebrille ist dabei vonnöten, denn schriftliche Aufzeichnungen hat er gar nicht erst mitgebracht. »Wir haben die Räume der Wohnung, beziehungsweise was davon noch übriggeblieben ist, so gründlich wie möglich untersucht. Was nicht verbrannt ist, wurde spätestens durch die Löscharbeiten vernichtet oder mitgenommen. Fingerabdrücke und DNA waren dort nicht mehr zu finden, von persönlichen Unterlagen ganz zu schweigen! Vollständig gesichert ist dagegen, dass bei dem Feuer ein Brandbeschleuniger zum Einsatz kam, mit ziemlicher Sicherheit handelte es sich dabei Benzin.«

»Habt ihr auch im Keller nachgeschaut?«, erkundigt sich Horst Weiland. »Wir haben bis heute immer noch nicht die Spitzhacke gefunden, mit der Dennis Holm erschlagen wurde. Die muss ja ebenso wie die Schaufel irgendwo abgeblieben sein! Und falls unser Mann tatsächlich sein Mörder sein sollte, könnte er seine DNA darauf hinterlassen haben!«

Statt einer Antwort auf diese seiner Meinung nach reichlich unverschämte Frage schaut Vogel ihn nur mitleidig an. »Der Keller war komplett leergeräumt«, brummt er missgelaunt.

»Du vergisst, dass Holms Auto ebenfalls seit drei Jahren von der Bildfläche verschwunden ist«, weist Heller den Kollegen Weiland auf einen bisher unbeachtet gebliebenen Umstand hin. »Einen Zündschlüssel hat man bei seiner Leiche auch nicht gefunden, hat *darüber* mal einer von euch nachgedacht?«

»Was meinst du damit jetzt konkret?«, mischt sich Donner stirnrunzelnd in die beginnende Diskussion ein. »Der Mörder wird es nach der Tat entsorgt haben, was denn sonst?«

»Ach ja? Und was hat er mit seinem eigenen Auto angestellt? Falls die beiden nicht gemeinsam unterwegs waren, muss er ja selbst auch irgendwie dorthin gekommen sein. Es gibt nur zwei, nein drei Möglichkeiten: Der Täter folgte Dennis Holm, war schon vor ihm dort, oder sie fuhren zusammen in einem Auto. Die dritte Variante ist recht unwahrscheinlich, wobei ich aufgrund der Art und Weise, wie der Tote in der Grube gelegen hat, die Zweite ebenfalls weitgehend ausschließen möchte. Es befanden sich demnach auf jeden Fall *zwei* Fahrzeuge dort und ganz gleich, mit welchem der Täter davonfuhr: Das *andere* muss er dabei zurückgelassen haben, denn Holm war nicht mehr in der Lage, es zu fahren!«

»Das ist vielleicht so ähnlich wie in dem Rätsel mit dem Wolf, der Ziege und dem Sack Bohnen, die man irgendwie unfallfrei über einen Fluss bringen muss«, vermutet Chrissie Ohlsen. »Da rudert man ja auch mehrmals hin und her. Der Täter fuhr vermutlich zuerst den Wagen des Opfers weg, kam sofort zurück und entfernte sich dann mit dem eigenen Fahrzeug endgültig vom Tatort!«

»Und wie hat er das deiner Meinung nach angestellt? Falls es euch noch nicht aufgefallen sein sollte: Diese Gegend besteht fast ausschließlich aus kleinen bis winzigen Ortschaften mit viel Wald und Feldern dazwischen. Um kein Aufsehen zu erregen, hätte er das Auto irgendwo abstellen müssen, wo man es nicht so bald finden würde und aus demselben Grund noch in der Nacht sein eigenes Fahrzeug abgeholt haben, was er aber dann natürlich zu Fuß erledigen musste. Viel mehr als einen, zwei oder bestenfalls drei Kilometer konnte er in der knappen Zeit, die ihm zur Verfügung stand, so sicher nicht schaffen. Und? Haben wir im erwähnten Umkreis etwa ein verwaistes Auto gefunden? In den Wald hinein kann er damit nicht gefahren sein und auf einem der vielen Wanderwege wäre es in den drei Jahren längst jemandem aufgefallen!«

»Womöglich ist es das ja auch sogar, und das Auto verrottet seitdem irgendwo auf einem Schrottplatz«, überlegt Wolfgang Müller. »Vielleicht sehen wir uns da mal um!«

»Das kann so auch nicht stimmen!«, widerspricht seine Partnerin ihm energisch. »Der Wagen war doch damals sicher zugelassen, man hätte im Falle eines Auffindens in der Walachei garantiert versucht, den Eigentümer zu kontaktieren. Es sei denn, der Mörder hat die Kennzeichen abgeschraubt.«

»Dann wäre da aber immer noch die Fahrgestellnummer, Chrissie. Ich vermute jedoch, Tobias wollte uns eigentlich damit sagen, dass Schaufel und Spitzhacke gemeinsam mit dem verräterischen Fahrzeug entsorgt worden sein könnten und womöglich immer noch darin liegen«, fasst Donner zusammen. »Dieser Gedanke ist gar nicht mal so verkehrt, und damit ist es jetzt unsere vordringlichste Aufgabe, das Auto zu finden. Ohne das Tatwerkzeug und den eventuell darauf befindlichen Spuren wird es im Falle einer Festnahme nämlich sehr schwer werden, irgendjemandem eine Täterschaft nachzuweisen! Erkundigt euch beim Ordnungsamt und bei den Eltern des Opfers. Außerdem meldet sich ziemlich bald die Zulassungsstelle, wenn keine Kraftfahrzeugsteuer mehr gezahlt wird. Es muss also diesbezüglich eine Korrespondenz gegeben haben. Fragt dort ebenfalls nach!«

»Ich werde mir gemeinsam mit Denise die Satellitenbilder der Gegend rund um den Leichenfundort genauer anschauen«, verkündet Tobias. »Außerdem wurde der gesamte Rhein-Sieg-Kreis meines Wissens im Frühjahr 2018 überflogen, mit etwas Glück war das unmittelbar nach dem Mord, und der Wagen ist auf einem der dabei angefertigten Luftbilder noch zu sehen. Die Bilder sind im Internet verfügbar. Wer weiß, vielleicht findet sich innerhalb des erwähnten Radius ja ein lauschiges Plätzchen, wo ein einsames Auto seit mehr als drei Jahren vor sich hin rostet und nur darauf wartet, endlich aus seinem Dornröschenschlaf geweckt zu werden!«

»Na, dann wünsche ich euch aber dieses Mal ganz besonders viel Spaß beim Wachküssen!«, kommentiert Donner trocken Hellers poetische Formulierung unter dem Gelächter der Kollegen und klatscht in die Hände. »Okay, ihr wisst alle, was zu tun ist, und jetzt an die Arbeit mit euch!«

* * *

Zwei Stunden später ist ihre Stimmung auf einem absoluten Tiefpunkt angelangt. Trotz intensivster Prüfung der Luftbilder aus *Bing* und der Satellitenbilder aus *Google Maps*, die aus verschiedenen Jahren stammen und deshalb sogar zur Entlarvung etwaiger Unterschiede miteinander verglichen wurden, waren keine auffälligen Unregelmäßigkeiten zu erkennen gewesen. Zumindest hatten sie nichts gefunden, was auch nur im Entferntesten nach einem PKW ausgesehen hätte, der da nicht hingehört.

»Auf diese Weise kommen wir nicht weiter, Tobi!«, stöhnt Denise und reibt sich mit beiden Händen die vom stundenlangen Starren auf den Bildschirm brennenden Augen. »Wir suchen eine winzige Stecknadel im riesigen Heuhaufen. Beziehungsweise nach einer in einem riesengroßen Haufen anderer Nadeln! Entweder stimmt unsere Annahme nicht, oder der Kerl hat das Auto entgegen jeglicher Logik doch im Wald abgestellt.«

»Das sind etliche Millionen Quadratmeter, Denise! Willst du die etwa alle absuchen? Außerdem hätten Spaziergänger den Honda längst entdeckt, zumal die Bäume viel zu dicht zusammenstehen, um weiter als ein paar Dutzend Meter fahren zu können. Und das maximal im Schritttempo, wozu unser Mörder aber sicher nicht die Zeit hatte!«

Von Chrissie wissen sie mittlerweile, dass auf Dennis Holm ein lindgrüner Honda Civic zugelassen war, der jedoch schon vor über zwei Jahren von Amts wegen abgemeldet wurde, da der Halter nach seinem Tod naturgemäß die Kfz-Steuer nicht mehr zahlen konnte. Diesbezügliche Bescheide, die an die vormals mit Nadine Kemper angemietete Wohnung geschickt worden waren, kamen unzustellbar zurück, worauf man das Kennzeichen auf die schwarze Liste gesetzt hatte. Aufgetaucht ist es jedoch bislang nicht mehr.

»Allenfalls wäre ein alter Steinbruch eine Betrachtung wert, den ich auf einer der Karten zufällig entdeckt habe«, überlegt Denise. »Er ist nur etwa einen Kilometer Luftlinie vom Tatort entfernt und befindet sich somit innerhalb des von uns vermuteten Radius. Ein paar hundert Meter weiter scheint es zudem eine Art Teich zu geben, dort könnte er das Auto doch versenkt haben! Querfeldein hätte er zu Fuß in weniger als einer halben Stunde seinen am Tatort zurückgelassenen Wagen erreichen können!«

»Diesen ehemaligen Steinbruch kenne ich sogar persönlich«, schüttelt Tobias entschieden den Kopf. »Das Naturdenkmal ist ein beliebtes Ziel für Naturliebhaber und Wanderer. Einmal davon abgesehen, dass es dort nur ein paar Felsen gibt, zwischen denen man kaum etwas verstecken kann, das größer als einen halben Meter ist, hätte man einen PKW in den vergangenen Jahren längst entdeckt. Und der Teich ist nicht tief genug.«

Denise erhebt sich von ihrem Stuhl und legt sorgfältig das Koppel mit ihrer Dienstwaffe an. Tobias schaut ihr stirnrunzelnd dabei zu. »Statt hier sinnlos herumzusitzen, können wir genauso gut hinfahren und uns einmal dort umschauen«, klärt sie ihn auf, nachdem sie sich ein letztes Mal vom korrekten Sitz des Gürtels überzeugt hat. »Du kannst aber natürlich gerne hierbleiben, dann nehme ich halt Horst mit!«

* * *

Eine Stunde später stehen sie nebeneinander vor einem rundum weiträumig von Bäumen umgebenen Felsen aus sogenannter ›Grauwacke‹, einer speziellen Steinsorte, die im 19. Jahrhundert unter anderem für das Mauerwerk von zwei Kirchen verwendet wurde, wie einem Hinweisschild zu entnehmen ist. Obwohl der Steinbruch auch heute noch sichtbare Anzeichen von Bearbeitung aufweist, wurden die Arbeiten daran vor mindestens hundert Jahren eingestellt.

Normalerweise hätte die Fahrt hierher kaum mehr als eine halbe Stunde gedauert. *Ein* Grund für ihre verspätete Ankunft ist der leistungsfähige Metalldetektor, den Tobias sich vorher in der Forensik besorgt hatte, der andere ist der etwa fünfhundert Meter von hier entfernte Teich, den sie auf dem Weg hierher zuerst aufgesucht hatten und der sich tatsächlich als besserer Tümpel entpuppte. Viel zu flach, um etwas von der Größe eines Autos darin zu versenken.

»Ich hatte mir das irgendwie wesentlich unheimlicher vorgestellt«, gesteht Denise enttäuscht. »Mehr mit Höhlen und Schluchten! Das hier ist nur ein oller Felsen!«

»Das habe ich dir doch gleich gesagt! Es gibt natürlich auch Steinbrüche, wo man in die Tiefe gegraben hat«, erklärt Tobias ihr. »Denk nur an den Quarzitsteinbruch bei Troisdorf, der jetzt ein See ist. Aber wo wir schon hier sind, können wir zumindest mit dem Metallspürgerät einmal um den Felsen herumgehen. Unter den Tonnen von Steinsplittern, die sich hier im Laufe der Jahrzehnte während den Arbeiten angesammelt haben, könnte zur Not schon ein Auto begraben liegen, wenn ich mir auch nicht vorstellen kann, wie ein einzelner Mann das ohne Bagger mitten in der Nacht bewerkstelligt haben soll!«

* * *

Derweil haben die drei im Kommissariat verbliebenen Ermittler ihre ohnehin zu nichts führenden Recherchen vorübergehend unterbrochen und sich im derzeit verwaisten Büro der Hauptkommissare zu einer Kaffeepause zusammengefunden.

»Glaubt ihr, die beiden haben mit ihrer spontanen Aktion Erfolg?«, fragt Chrissie ihre Kollegen soeben mit vollem Mund, nachdem sie von ihrem Donut mit Schokoladenüberzug abgebissen hat.

»Das würde mich sehr wundern«, schüttelt Horst den Kopf. »Überlegt doch einmal selbst: Da fahren die einfach mal eben zu einer rein zufällig ausgesuchten Lokalität und hoffen, ausgerechnet *dort* das gesuchte Auto zu finden! Wie realistisch ist das denn?«

»Und wenn die zwei entgegen aller Wahrscheinlichkeit heute doch einen Erfolg verbuchen?«, widerspricht Wolfgang dem Freund. »Es wäre schließlich nicht das erste Mal, dass das ›dynamische Duo‹ sozusagen nebenbei einen Fall löst!«

»Denise und Tobias haben bei sowas nur immer einen unverschämten Dusel«, lacht Horst. »Doch jede Glückssträhne ist irgendwann einmal vorbei! Was wir brauchen, sind harte Fakten, aber unser einziger Zeuge ist einer, der noch in Windeln herumläuft!«

»Denk nicht einmal im Traum daran, ihn befragen zu wollen!«, gibt Chrissie ihm einen gutgemeinten Rat. »Du hast Denise in den letzten Tagen doch selbst erlebt, sie würde den Kleinen notfalls wie eine Löwin mit Zähnen und Klauen verteidigen. An den kommst du nicht heran, jedenfalls nicht als Polizeibeamter. Und außerdem wird er uns bei der Suche nach dem flüchtigen Täter ohnehin keine Hilfe sein können!«

»Keine Hilfe, sagst du?« Horst Weiland ist bei den letzten Worten der Kommissarin plötzlich sehr nachdenklich und still geworden. Jetzt erhellt sich sein Gesicht. »Aber was, wenn das doch der Fall ist? Ich muss sofort etwas überprüfen!«, ruft er aus, stellt hastig seine halbvolle Tasse ab und eilt unter den verblüfften Blicken seiner Kollegen im Laufschritt aus dem Raum.

* * *

»Absolute Fehlanzeige!« Tobias Heller schaltet mit übertriebener Geste den Metalldetektor aus und hält seiner Kollegin die offene Handfläche entgegen, auf der sich drei Kronkorken, ein total verrosteter Schlüsselbund, zwei ebensolche Schrauben und sogar ein altes Fünf-Mark-Stück tummeln. »Das hier ist unsere gesamte Ausbeute von über einer Stunde sorgfältiger Suche! Keine Spur von etwas Größerem als das hier, von einem PKW ganz zu schweigen!«

»Mir geht Chrissies Vergleich mit dem Rätsel nicht aus dem Kopf«, überlegt Denise laut. »Wenn ich mich recht erinnere, muss man für drei Tiere und Gegenstände insgesamt siebenmal über den Fluss fahren. Vielleicht war es bei der Autosache ja ähnlich!«

»Stimmt, dieses Rätsel ist im Grunde eine Variante von ›Turm von Hanoi‹, wo man drei unterschiedliche Scheiben auf die andere Seite bringen muss und nur immer eine kleinere auf eine größere legen darf. Ich weiß bloß nicht recht, wie uns diese Erkenntnis hier und jetzt weiterhelfen könnte!«

»Na, weil es noch eine andere, etwas kompliziertere Version des Auto-Verschiebe-Rätsels gibt! Der Täter hätte ebenso seinen *eigenen* Wagen zuerst zu sich nach Hause fahren können, welches zumindest damals durchaus in der errechneten Entfernung zum Tatort gelegen haben könnte. Dann lief er zurück, holte das andere Auto und stellte es zunächst in seine Garage, wo es vor neugierigen Blicken verborgen war. Dort kann er es theoretisch sogar für länger geparkt haben, bis ihm eine bessere Lösung dafür einfiel. Er kann natürlich auch umgekehrt vorgegangen sein, die Reihenfolge ist hierbei völlig egal!«

»Und weil er bei der Anmietung der letzten uns bekannten Wohnung der Vermietergesellschaft nicht nur einen falschen Namen nannte, sondern ebenfalls bezüglich seiner vorherigen Wohnanschrift gelogen hat, kennen wir diesen Ort naturgemäß nicht. Die angegebene Adresse existiert ja nicht einmal, daher sind wir auch nicht in der Lage, die früheren Nachbarn entsprechend zu befragen!«, spinnt Tobias den Faden weiter. »Er hätte alle Zeit der Welt gehabt, sich des verräterischen Autos zu entledigen, das dadurch jetzt praktisch überall sein kann! Womöglich ist es in der Zwischenzeit in einer Schrottpresse gelandet. So ein verdammter Mist!«

Kapitel 8

Irgendwo im Rhein-Sieg-Kreis

Verflucht, der Opa in diesem Kiosk hat sich von meiner Knarre vorhin ja nicht sonderlich beeindrucken lassen, dabei hatte es bei unserem Banküberfall damals doch gereicht, einfach nur wild damit herumzufuchteln! Das ist im Grunde aber auch vollkommen normal, bei einem Überfall spielt ja immer die eigene Erwartungshaltung eine gewisse Rolle. Sitzt du in einer Bank und ein paar Maskierte stürmen herein und halten dir eine Waffe vor die Nase, denkst du eben nicht lange nach und rückst den Zaster sofort heraus. Ist ja nicht deine Kohle!

Nur dieser Opa war reichlich renitent und hat sich unter minutenlangem nervigem Gezeter standhaft geweigert, mir seine Einnahmen auszuhändigen. Und das trotz der Pistole, die ich ihm direkt vor die Visage gehalten habe! Entweder war der Kerl halb blind oder nur dämlich. Als er dann zu allem Überfluss mit seinem Krückstock auf mich einschlagen wollte, habe ich ihm eine gescheuert und schnell in die vorsintflutliche Kasse gegriffen. Eine Heldentat war das zwar nicht gerade, doch was sollte ich machen? Es waren aber bloß zwei kleine Scheine darin. Zwei zerknitterte Zehner, um genau zu sein. Habe sie mir in die Tasche gestopft und dann schnellstens die Kurve gekratzt. Muss ja nicht sein, dass es mir wegen lausigen zwanzig Mücken so ergeht wie meinem Alten!

Verdammte Scheiße, ich brauche jetzt wirklich langsam dringend Knete, mit den paar Kröten in der Tasche komme ich nicht besonders weit, zumal ziemlich bald eine Tankfüllung fällig ist. Und essen muss ich ja ab und an schließlich auch etwas! Ob mein alter Herr vielleicht doch irgendwo im Haus Geld gebunkert hat? Eigentlich ist das ja unwahrscheinlich, denn dann hätte der blöde Kerl ja die Tankstelle nicht zu überfallen brauchen und sich auch noch auf frischer Tat erwischen lassen! Läuft dieser Vollidiot den Bullen vor der Tür geradewegs in die Arme!

Ich habe zwar gestern bei meiner Suche nichts gefunden, werde es aber gleich nochmal versuchen. Und dieses Mal stelle ich die Bude vollständig auf den Kopf. Irgendwo muss ich ganz dringend Kohle herbekommen, sonst bin ich ja so was von geliefert! Hoffentlich reicht der Sprit noch bis dahin ... Nee, das glaube ich jetzt nicht, oder? Ausgerechnet hier mitten in der Walachei gibt diese dämliche Kiste den Geist auf! Und die nächste Tanke ist kilometerweit entfernt! Wie viel Benzin bekommt man eigentlich für zweiundzwanzig Euro und dreiundvierzig Cent?

Hätte ich nicht meine Bude damit angezündet, befände sich jetzt immerhin noch ein voller Reservekanister im Kofferraum, aber was soll's! Das bedeutet für mich nun: fünf Kilometer Fußmarsch bis zur nächsten Tankstelle, den Kanister vollmachen, und wieder die ganze Strecke zurückzumarschieren. Mann, das dauert Stunden, aber ich musste so weit rausfahren, um den

Bullen aus dem Weg zu gehen. Die sind ja auch hinter mir her! Und alles nur wegen dieses vermaledeiten Kindes, hätte ich blöder Idiot doch bloß die Finger davon gelassen!

* * *

Zwei Stunden zuvor

Dienstag, 16. März, 10:00 Uhr

»Ich war bei meinen Überlegungen von der bisher unbewiesenen Vermutung ausgegangen, dass Nadine Kemper, Dennis Holm und der unbekannte Täter diesen Banküberfall vor jetzt vier Jahren gemeinsam verübt haben«, beginnt Horst Weiland mit seinem Bericht. »Zumindest die Beteiligung des Letzteren ist durch den Daumenabdruck hinreichend belegt, und da selbiger ebenfalls an dem Messer gefunden wurde, mit dem die Frau am vergangenen Montag niedergestochen wurde, ist ein Bezug zwischen *diesen* beiden Personen durchaus herstellbar.«

»Was aber leider nicht für den anderen Toten gilt, bei dem wir bisher nur eine Verbindung zu Nadine Kemper nachweisen konnten«, wirft Chrissie Ohlsen ein. »Eine genügend große Sicherheit darüber, ob es sich bei diesen drei Personen tatsächlich um das Banken-Trio von damals handelt, ist erst gegeben, wenn wir beispielsweise die Spitzhacke finden, mit der Holm erschlagen wurde und sich daran die DNA des Täters befindet!«

»Unsere beiden Hobby-Schatzsucher haben sich ja gestern redlich bemüht, das mutmaßliche Tatwerkzeug zu beschaffen, waren jedoch erwartungsgemäß erfolglos«, lächelt der Kommissariatsleiter in Richtung von Denise Malowski und Tobias Heller, der ein betont unbeteiligtes Gesicht aufgesetzt hat. »Was die DNA des Täters anbelangt, verfügen wir Stand heute ohnehin nicht über entsprechendes Vergleichsmaterial, schon vergessen? In der komplett ausgebrannten Wohnung war diesbezüglich nichts mehr für uns zu holen, und frühere Aufenthaltsorte von ihm kennen wir nicht! In Frau Kempers Unterkunft hat er jedenfalls keine DNA hinterlassen.«

»Um genau dieses DNA-Vergleichsmaterial ging es mir bei meiner Idee«, hakt Weiland an dieser Stelle schnell ein, nachdem er sich den Disput eine Weile geduldig angehört hat. »Wie ihr wisst, kann man mit *DAD* nicht nur genetische Informationen abfragen und vergleichen, sondern ebenfalls verwandtschaftliche Beziehungen herstellen. Sofern alle beteiligten Personen dort erfasst sind, ist damit also im Grunde genommen sogar eine Art Ahnenforschung möglich. Ich habe ein wenig nachgedacht: Nadine Kemper und Dennis Holm waren ein Paar, aber schwanger war sie von *ihm* definitiv nicht! Was also läge näher als die Annahme, dass der unbekannte Dritte der Vater von Nicklas ist? In diesem Fall hätten wir praktisch seine DNA oder zumindest einen nicht unerheblichen Teil davon unmittelbar vor unseren Augen!«

»Und was soll uns das bringen?«, zweifelt Denise, die sich als Interims-Vormund des Jungen hier direkt herausgefordert fühlt und den Kollegen misstrauisch mustert. Ihre blitzenden Augen sagen ihm unmissverständlich: ›Finger weg von dem Kind!‹

»Wir haben schon den Daumenabdruck, der bekanntlich ohne einen namentlichen Bezug in *AFIS* gespeichert ist. Eine in *DAD* erfasste DNA wäre aus demselben Grund ebenfalls anonym, da es ansonsten eine Verbindung zwischen diesen beiden Einträgen geben müsste!«

»Das muss nicht zwangsläufig so sein!«, trumpft Horst auf. »Ich habe gestern Nachmittag eine datenbankweite Auswertung beim BKA beantragt, deren Ergebnis ich vor einer Stunde per Fax erhalten habe.« Er holt ein zusammengefaltetes Blatt Papier hervor und klappt es mit einem vielsagenden Blick in die Runde auf. »Es gab tatsächlich einen Treffer, und zwar stimmt die DNA von Nicklas zu exakt 25 % mit der eines verurteilten Straftäters überein!«

* * *

»Das trifft auf nahezu jeden Verwandten zweiten Grades zu!«, verschafft sich Tobias Heller lautstark über das sofort einsetzende Stimmengewirr hinweg Gehör. »Wir hatten bekanntlich in der jüngsten Vergangenheit des Öfteren mit diesem Phänomen zu tun. Wir wissen daher, dass speziell dieser Verwandtschaftskoeffizient vornehmlich bei Halbgeschwistern auftritt, sowie bei den Geschwistern eines Elternteils – also den Onkeln und Tanten – und natürlich bei den Großeltern. Dagegen kommen Vettern und Cousinen nicht Betracht. Wer von den Genannten ist es denn nun?«

»Vermutlich handelt es sich dabei um den Großvater, der demnach der Vater des mutmaßlichen

Täters sein dürfte. Der Mann heißt Heinrich Stumpf, ist zweiundsechzig Jahre alt und wohnhaft gemeldet in Much. Er verbüßt aber seit 2016 eine langjährige Haftstrafe wegen bewaffneten Raubüberfalls in der JVA Köln-Ossendorf. Ich habe das selbstverständlich umgehend recherchiert. Es existiert nur ein einziger Sohn, der demnächst dreißig Jahre als wird. Er heißt Andreas Stumpf, hat keine Geschwister und wurde vom Vater allein aufgezogen, da die Mutter kurz nach seiner Geburt gestorben ist. Eine aktuelle Anschrift ist von ihm nicht bekannt, der letzte Eintrag im Melderegister ist über zehn Jahre als und lautet auf die Adresse in Much.«

»Danke Horst, das war eine hervorragende Arbeit. Darauf muss man erst einmal kommen«, lobt er den für seine ungewöhnlichen Denkansätze bekannten Ermittler. »Hier sieht man zudem mal wieder, dass der Apfel nicht weit vom Stamm gefallen sein dürfte, da der Filius mit großer Wahrscheinlichkeit eine ähnliche Straftat begangen hat, nur dass er dabei nicht geschnappt wurde. Bin ich alleine der Meinung, wir sollten uns auf der Suche nach dem Flüchtigen unverzüglich in der derzeit verwaisten Wohnung des Vaters umschauen? Ich werde daher umgehend einen Durchsuchungsbeschluss besorgen!«

»Das ist sogar ein regelrechtes Anwesen, Chef!«, informiert Weiland ihn zum Abschluss. »Heinrich Stumpf betrieb vor seiner Festnahme einen kleinen Bauernhof, der seitdem aber verlassen sein dürfte, denn Angestellte hatte er wohl keine. Das war eventuell auch der Grund für den Überfall: Der Hof ist hoch verschuldet und soll demnächst zwangsversteigert werden.«

»Ich sage nur schnell in der Forensik Bescheid und dann stellen wir die Bude auf den Kopf! Denise und Tobias: Ihr nehmt zwei Streifenwagen mit und fahrt schon einmal vor! Wie ich vorhin bereits angedeutet habe, ist es nach Lage der Dinge naheliegend, dass Andreas Stumpf dort Zuflucht gesucht hat, nachdem er seine alte Wohnung abgefackelt hat, und die halbe Polizei des Rhein-Sieg-Kreises hinter ihm her ist! Ich will absolut sicher sein, dass das Gelände sauber ist, wenn Jürgen mit seinen Leuten dort auftaucht! Und damit keine Missverständnisse aufkommen: Der Rest von euch bleibt selbstverständlich als Einsatzreserve hier bei mir im Kommissariat!«

* * *

Zwei Stunden später sind Denise und Tobias in Begleitung der beiden Streifenwagen von der B56 auf die L312 gewechselt und haben soeben die letzten Häuser der Ortschaft Much hinter sich gelassen. Von hier sind es nur noch wenige Kilometer bis zu dem weit vor den Toren der Stadt gelegenen Anwesen von Heinrich Stumpf, dem Vater ihres derzeit einzigen Tatverdächtigen. Nachdem sie zuvor bereits über eine Stunde auf den richterlichen Beschluss hatten warten müssen, war die halbstündige Fahrt hierher ihnen schier endlos vorgekommen.

Das letzte Stück führt sie über einen schmalen, asphaltierten Feldweg, in den Tobias jetzt den Audi lenkt, dicht gefolgt von den beiden Einsatzwagen der Schutzpolizei. »Das gefällt mir ganz und gar nicht, Tobi!«, bemängelt Denise den rundum fehlenden Sichtschutz. »Falls dieser Stumpf sich auf dem Hof seines Vaters verschanzt hat, sieht er uns hier schon von weitem kommen, von einem Überraschungsmoment kann dann aber keine Rede sein. Wenn wir Pech haben, entwischt er uns wieder!«

Seit sie in diesen Wirtschaftsweg eingebogen sind, der beinahe schnurgerade zu ihrem etwas weniger als einen Kilometer entfernten Ziel führt, gibt es links, rechts und auch geradeaus fast nur noch Wiesen und Felder mit einigen einzelnen Häusern dazwischen. Der allein stehende Bauernhof ist bereits von hier aus gut zu sehen, was umgekehrt naturgemäß auch der Fall ist!

»Wir hätten eine ganze Armee gebraucht, um das Gelände vollständig abzuriegeln, was aber auf einen bloßen Verdacht hin selbstverständlich keine Option war!«, knurrt Tobias gereizt. »Doch was für ihn gilt, ist genau genommen ebenfalls *unser* Vorteil: Falls er abzuhauen versucht, sehen *wir* das nämlich auch schon von weitem! Ein schneller Funkspruch, und er hat kurz darauf sämtliche Streifenwagen am Hintern kleben, die gerade hier in der Gegend herumfahren.«

»Ich hatte dabei eher an einen ›heißen Empfang‹ gedacht, den er uns sehr leicht bereiten könnte! Wir wären während unserer Annäherung im Gegensatz zu ihm relativ ungeschützt.«

»Oder er spielt hier ebenfalls Feuerteufel und setzt alles in Brand, bevor er das Weite sucht. Damit würde er die letzten Beweise seiner Existenz vernichten! In dieser Geschichte scheint man ja diesbezüglich nicht lange zu fackeln«, nickt Tobias, sich der Doppeldeutigkeit seiner Worte vollauf bewusst.

In dieser prekären Situation wäre jegliches Zögern ein großer Fehler, deshalb beschleunigt er den Wagen stattdessen noch, um einem eventuell vorhandenen Heckenschützen nicht zu viel Zeit zum Nachdenken zu lassen. Momentan sind sie aufgrund der Entfernung im Inneren des Autos ohnehin sicher, es sei denn, der Kerl hätte ein Gewehr zur Verfügung.

Zehn Minuten später erweisen sich ihre düsteren Prognosen jedoch zum Glück als unzutreffend. Der Hof liegt einsam und verlassen vor ihnen und eine flüchtige Überprüfung des maroden Hauptgebäudes, den baufälligen Ställen und der altersschwachen Scheune ergibt schon bald das eindeutige Bild, dass sich hier derzeit niemand aufhält.

Tobias beordert daher zunächst einen der Streifenwagen zur Landstraße, wo sich die Kollegen an einer günstigen Stelle auf die Lauer legen sollen, falls der Verdächtige doch noch auftauchen sollte. Die beiden verbliebenen Polizisten hingegen weist er an, ihren Einsatzwagen neben den Ställen zu parken, wo er bei einer eventuellen Annäherung nicht sofort zu sehen sein würde.

Nachdem auf diese Weise alles getan ist, Andreas Stumpf bei einem unverhofften Auftauchen in die Zange zu nehmen und dadurch eine erneute Flucht wirksam zu verhindern, greift der

Hauptkommissar zu seinem Handy, um den in sicherer Entfernung wartenden Forensikern grünes Licht zu geben.

* * *

Einige Minuten zuvor, ganz in der Nähe

Andreas Stumpf verlässt die B56 ein paar hundert Meter vor der Ortsgrenze und biegt auf einen der vielen Feldwege ein, die es hier gibt. Er wird ihn um die halbe Ortschaft herum nach etwa zwei Kilometern querfeldein zur L312 und über diese hinweg zu einem asphaltierten Wirtschaftsweg bringen, der ebenfalls der landwirtschaftlichen Nutzung vorbehalten ist. Noch einmal zehn Minuten Fahrt liegen dann vor ihm, bis er weit außerhalb der Stadt seine momentane Behausung erreicht haben wird: das alte, mittlerweile etwas baufällige Gehöft seines Vaters.

Über die Bundesstraße ginge es zwar wesentlich schneller, aber die führt mitten durch den Ortskern von Much und aus einem naheliegenden Grund will er derzeit lieber die Innenbereiche der Städte meiden. Jetzt zahlt es sich endlich aus, dass er in diesem langweiligen Kaff aufgewachsen ist und die Gegend rundherum wie seine Hosentasche kennt!

Mittlerweile hängen nämlich in allen öffentlichen Gebäuden Steckbriefe mit einem, wie er neidlos anerkennen muss, gelungenen Phantombild von seinem Gesicht. Aus diesem Grund hat er sich seit drei Tagen nicht mehr rasiert und das braune Haar gestutzt und zu einem mittleren blond aufgehellt. Auf diese Weise hofft er, zumindest bei flüchtigen

Begegnungen in der Menge unerkannt zu bleiben oder wenigstens nicht gleich aufzufallen. Eine Garantie ist das aber natürlich nicht!

Sobald ich genügend Kohle beisammen habe, geht es außer Landes, erkennt er seine derzeit einzige Option. *Von 50.000 Euro an aufwärts kann ich beispielsweise in Spanien oder Griechenland einige Jahre ganz gut leben, und dann ›Tschüss Deutschland! Aber woher nehmen und nicht stehlen, ha, ha, ha!*

Die extrem verlockende Vorstellung von einem Leben unter Palmen oder Olivenbäumen lenkt ihn so sehr ab, dass er zu weit gefahren ist. Die Abzweigung zum Hof seines Vaters liegt bereits hundert Meter hinter ihm! Hastig tritt er auf die Bremse und will gerade zu einem Wendemanöver auf der stark befahrenen Landstraße ansetzen, als er im Rückspiegel die drei Fahrzeuge aus Richtung Much kommen sieht. Ein schwarzer Audi und zwei Streifenwagen, und sie biegen in diesem Augenblick auf den Weg ab, den er soeben um Haaresbreite verpasst hat!

Sie haben mich gefunden!, schreit es förmlich in seinen Gedanken. *Aber wie kann das sein? Jedenfalls war das gerade äußerst knapp für mich. Hätte ich nicht von Sonne, Wind und Meer geträumt, wäre ich denen direkt in die ausgebreiteten Arme gelaufen beziehungsweise gefahren! Die haben zudem offenbar meine Identität herausgefunden, wenn ich auch nicht weiß, wie die das bewerkstelligt haben. Jetzt kann ich im Grunde nirgends mehr hin, aber aufzugeben ist keine Alternative!* Er tritt entschlossen auf das Gaspedal und legt einen Kavaliersstart hin. *Nichts wie weg!*

* * *

»Das sieht mir aber alles nicht sehr bewohnt aus«, äußert sich Denise eine halbe Stunde später zu dem überall herumliegenden Staub, zahlreichen Spinnweben an den Wänden und der mangels Stromversorgung fehlenden Beleuchtung. Die Fenster sind von jahrelangem Regen total verdreckt und die beiden altertümlichen Festnetztelefone tot. Aus den Wasserhähnen kommt eine eklige braune Brühe. Verlassener kann ein Gebäude nun wirklich nicht aussehen.

»Offenbar hat Andreas Stumpf sich hier entgegen unserer Annahme doch nicht aufgehalten«, fasst sie ihre Eindrücke nach einem gemeinsamen Rundgang enttäuscht zusammen. »Ich meine, das hätte er in diesem Fall ja auch viel früher machen können, anstatt unter falschen Namen Wohnungen anzumieten! Immerhin steht das alles hier seit fast fünf Jahren leer!«

»Das hat er vielleicht anfangs sogar getan«, überlegt Tobias. »Aber spätestens nach seinem eigenen Banküberfall wird ihm das zu gefährlich geworden sein. Schließlich ist die Geschichte vom Raubüberfall seines Vaters in der ganzen Gegend bestens bekannt, die Nutztiere und landwirtschaftlichen Maschinen wurden sogar noch vor der Hauptverhandlung von einem benachbarten Landwirt zu einem

Spottpreis übernommen, wie ich gehört habe. Eine Nutzung des Hofes nach Antritt der Haftstrafe des Besitzers wäre jedem hier sofort aufgefallen!«

»Irgendjemand muss sich aber in den letzten paar Tagen in dieser Bruchbude aufgehalten haben«, lässt sich eine bekannte Stimme hinter ihnen vernehmen. Denise und Tobias fahren nahezu synchron zu Jürgen Vogel herum, dessen ehemals blütenweißer Overall aussieht, als habe er einen Tunnel damit gegraben. Außerdem kleben an seiner Bekleidung und in seinen Haaren etliche Strohhalme.

»Ich bin halt was in den Ecken herumgekrochen«, beantwortet er die stumme Frage der Ermittler mit einem schiefen Grinsen. »Hat sich aber gelohnt, wir fanden unmissverständliche Hinweise auf die Anwesenheit von mindestens einer Person in jüngster Zeit. Meine Leute haben frische Sohlenabdrücke im Staub dokumentiert und etliche Fingerabdrücke. Das Beste kommt aber noch: Wenn ihr mir bitte unauffällig in die Scheune folgen würdet?«

Denise und Tobias hatten sich dort bereits umgeschaut, als sie gemeinsam mit den Streifenpolizisten sämtliche Gebäude unmittelbar nach ihrer Ankunft sorgfältig durchsucht hatten. Außer einigen Dutzend zu Quadern gepressten und bis an die Decke gestapelten Heuballen war aber nichts von Bedeutung zu sehen gewesen, weshalb sie diesem Ort gleich wieder den Rücken gekehrt hatten.

Wie sich die Scheune in der Zwischenzeit verändert hat! Einige der Heuballen liegen jetzt vor ihnen auf dem Boden, wodurch ein Hohlraum im unteren

Drittel des Stapels freigelegt wurde. Vogels Leute sind zwar noch dabei, weitere Ballen vorsichtig daraus zu entfernen, ohne das ganze Gebilde zum Einsturz zu bringen, aber jetzt schon ist auf den ersten Blick das Heck eines lindgrünen Honda Civic zu erkennen, der sich darin befindet!

»Der Wagen muss kürzlich bewegt worden sein«, hebt der Forensiker zu einer Erklärung an. »Ich bin auch nur deshalb auf dieses Versteck aufmerksam geworden, weil es deutliche Hinweise dafür gab, dass einige der Quader herausgenommen und anschließend wieder eingesetzt wurden. Das habe ich anhand von herausgelösten Halmen geschlossen, die herumlagen. Dass dieses Fahrzeug kürzlich bewegt wurde, belegt eine Reifenspur, seht ihr?«

Jürgen Vogel zeigt auf den entsprechenden Reifenabdruck direkt vor ihnen, der gerade noch als solcher zu erkennen ist. »Ich glaube aber nicht, dass man damit wegfahren wollte, vielmehr wird es derjenige eher auf die Nummernschilder abgesehen haben. Zumindest das hintere Kennzeichen fehlt nämlich. Sobald der Wagen komplett freigelegt ist, wissen wir mehr!«

»Ich kann mir beim besten Willen nicht so recht vorstellen, was Stumpf damit jetzt noch anfangen könnte«, wundert sich Tobias kopfschüttelnd. »Die Kennzeichen sind uns doch mittlerweile hinlänglich bekannt!«

»Das weiß er vielleicht gar nicht, Tobi!«, vermutet seine Partnerin. »Er geht womöglich davon aus, dass wir wegen der Messerattacke auf Nadine Kemper hinter ihm her sind. Einen Zusammenhang mit dem Bankraub oder dem Mord an Dennis Holm wird er eventuell noch nicht in Betracht gezogen haben! Er weiß nicht einmal, dass seine sterblichen Überreste gefunden wurden, da wir diese Information bisher zurückgehalten haben. Mit den Nummernschildern hofft er sicher, für eine Weile unter unserem Radar zu bleiben. Immerhin haben wir aber jetzt mit großer Wahrscheinlichkeit das Fahrzeug von Dennis Holm, das ist zumindest schon einmal ein starkes Indiz für die Täterschaft von Andreas Stumpf, denn sein Vater kann das Auto ja wohl kaum hier versteckt haben!«

»Was meinst du, Jürgen?«, wendet sich Tobias an den Forensiker. »Wie lange wird es ungefähr dauern, bis deine Leute die Karre komplett freigelegt haben? Ich kann es nämlich gar nicht erwarten, einen Blick in den Kofferraum zu werfen!«

* * *

In der Nacht, irgendwo im Rhein-Sieg-Kreis

Der polizeilich gesuchte mutmaßliche Straftäter sitzt seit Anbruch der Dunkelheit zitternd in seinem Auto, das er schon vor Stunden im Schutz der ersten Bäume jenseits der Ortsgrenze abgestellt hat. Wenn irgendwas in dieser Gegend überreichlich vorhanden ist, dann ist dies Wald, und die nächsten Häuser sind hunderte Meter entfernt.

Das bereits am Wochenende von dem anderen Wagen abmontierte Kennzeichen bietet ihm nur eine geringe Sicherheit, weshalb er den Toyota momentan lieber nicht auf öffentlichen Wegen oder Plätzen abstellen möchte. Er schlingt die Arme um den Oberkörper und reibt mit den Händen kräftig die erreichbaren Stellen, was jedoch kaum in der Lage ist, ihn maßgeblich zu erwärmen.

Es ist ja auch nicht nur die extrem frostige Märznacht, die ihm zu schaffen macht. Hier im Bergischen Land erreichen die Temperaturen nachts selbst in dieser Jahreszeit zwar durchaus noch kräftige Minuswerte im zweistelligen Bereich. Und im Radio hieß es heute ja, dies sei eine der kältesten Nächte in einem Winter, der eigentlich längst vorbei sein sollte.

Diese Kälte kommt jedoch vielmehr größtenteils von innen. Er fühlt sich aufgrund der Ereignisse der letzten Tage mittlerweile wie ein in die Enge getriebenes Kaninchen, das hilflos in die geifernden Fänge eines Jagdhundes blickt und keinerlei Fluchtmöglichkeit mehr zur Verfügung hat.

Den Motor die ganze Nacht laufen zu lassen, um wenigstens das Heizgebläse als Wärmequelle nutzen zu können, verbietet sich schon alleine wegen des notorischen Benzinmangels, der für seine derzeitige Situation mitverantwortlich ist und den verfügbaren Aktionsradius erheblich einschränkt.

Von der unerwünschten Aufmerksamkeit, die er trotz der relativen Abgeschiedenheit dieser Stelle weit abseits der Wohnbebauung mit einem stundenlang laufenden Motor auf sich ziehen könnte, ganz zu schweigen.

Hier bin ich nirgends mehr sicher, erkennt er niedergeschlagen. *Aber mit den paar Litern Benzin im Tank komme ich nicht einmal bis in die Nähe der Grenze zu Luxemburg oder den Niederlanden, Spanien ist*

*damit auf keinen Fall zu erreichen! Und selbst wenn,
wovon sollte ich dort leben? Noch eine Nacht überstehe
ich hier draußen aber ganz bestimmt nicht.*

Zwei Stunden später ist er vollkommen durchge-
froren, doch die eisige Kälte in seinen Gliedern ist
jetzt jenem trügerischen Gefühl gewichen, welches
dem Gehirn das genaue Gegenteil davon vorgau-
kelt, nämlich wohlige Wärme. Er spürt die tauben
Gliedmaßen nicht mehr und wird langsam schläf-
rig. Er hat einmal gelesen, dass dies lebensgefähr-
lich sein kann und man unbedingt dagegen an-
kämpfen sollte, weil man ansonsten vielleicht nie
wieder aufwachen würde.

Ich darf auf keinen Fall einschlafen, ermahnt er
sich daher müde und setzt sich erst einmal aufrecht
hin. *Ich muss mich irgendwie wach halten!* Im Grunde ist ihm jedoch vollkommen klar, dass er diesen
Kampf wohl verlieren wird, denn er hat seit drei Tagen kaum etwas gegessen und sein Körper ist daher
ohne Energiereserven. Das Einzige, was er an war-
mer Kleidung bei der überstürzten Flucht aus seiner bisherigen Behausung gerettet hat, ist ein dün-
ner Pullover, den er aber bereits übergezogen hat.

Sein Kopf sinkt auf die Brust und seine Gedanken verwirren sich zusehends, vermischen Ereignisse aus der Vergangenheit mit der Gegenwart.
*Dennis, dieser blöde Hund ... Ich weiß gar nicht, war-
um der damals überhaupt bei uns mitgemacht hat ...
Der hatte doch alles ... Seine Alten haben Kohle ohne
Ende ... War wohl wegen Nadine ...*

Von einem Augenblick auf den anderen ist er
hellwach und weiß plötzlich mit nie gekannter

Klarheit, wie er aus der verfahrenen Situation her-
auskommen kann! Entschlossen dreht er jetzt trotz
aller Bedenken den Zündschlüssel um, damit es ihm
endlich wieder warm wird. Nicht auszudenken,
wenn er so kurz vor dem Ziel durch die eigene
Dummheit erfrieren sollte! Dann beginnt er einen
perfiden Plan zu schmieden.

Kapitel 9

Helene Holm legt das Buch beiseite, in dem sie wie immer gleich nach dem Frühstück einige Abschnitte gelesen hatte. Ehemann Viktor betritt soeben über die Terrassentür das Wohnzimmer und setzt sich zu ihr. Gartenarbeit und Lesen sind seit dem unerklärlichen spurlosen Verschwinden ihres Sohnes alles, was das Leben den Eheleuten noch zu bieten hat.

Dies, und das ständige nervenzerrüttende Warten auf ein Lebenszeichen des einzigen Kindes, welcher Art auch immer. Bei jedem Klingeln an der Haustür zucken sie in einer unheilvollen Mischung aus Hoffen und Bangen zusammen, weil entweder der verlorene Sohn endlich heimgekehrt sein könnte, oder ein Polizist ihnen die endgültige Gewissheit über dessen Tod verkünden will. Diese Ungewissheit ist auf die Dauer einfach zermürbend, sodass Helene auf stimmungsaufhellende Medikamente angewiesen ist.

Glücklicherweise sind sie durch die stetig fließenden Gewinne aus dem Patent einer Erfindung, die Viktor Holm vor etwa fünfzehn Jahren machte, recht vermögend und daher finanziell unabhängig. Doch der ganze Reichtum hatte es bisher auch nicht fertiggebracht, den Sohn zu ihnen zurückzubringen. Der vielleicht sogar *gerade deswegen* nichts mehr von den eigenen Eltern wissen will und untergetaucht ist, wie Helene glaubt, und das ihrem Mann in ihrer großen Trauer immer wieder aufs Neue vorwirft.

»Ob die dieses Kind wohl gefunden haben?« Viktor greift nach der Tageszeitung, deren Lektüre er vorhin unterbrochen hatte, um im Garten etwas mit sich allein zu sein. Ständig mit der Lethargie seiner Frau konfrontiert zu sein, zehrt auf die Dauer an seiner Substanz. Im Grunde hat er auf diese Weise sogar *zwei* geliebte Menschen verloren. »Hier drin steht jedenfalls nichts darüber. Es wäre doch schön, wenn die Polizei einen auch einmal über den Fortgang solcher Maßnahmen informieren würde, statt sich immer nur dann an die Bevölkerung zu wenden, wenn sie unsere Hilfe benötigen!«

»Apropos. Da war doch letzte Woche dieser Kriminalbeamte bei uns. Der mit der Speichelprobe. Erinnerst du dich?«, wendet Helene sich stirnrunzelnd an ihren Gatten. »Die hatten ein paar Tage zuvor eine Leiche gefunden, bei der eine Identifikation nur noch über die DNA möglich war. Haben die sich eigentlich in der Zwischenzeit nochmal bei dir gemeldet?«

»Nein, das haben sie nicht«, brummt Viktor abwesend, während er mehrere Seiten umblättert, um zu den Sportnachrichten zu kommen. »Ich nehme daher an, der Vergleich ist negativ ausgefallen, sonst würde man uns doch sicher längst informiert haben.«

»Das ist trotzdem keine Art«, beschwert sie sich. »Man hätte uns wenigstens kurz Bescheid über das Ergebnis geben können, auch wenn ich natürlich gleich gewusst habe, dass das nicht unser Junge gewesen sein kann, den die da gefunden haben wollen. Dennis ist nicht tot! Du hast ihn bloß mit deinem Geiz vertrieben, sodass er sich andere Freunde gesucht hat!«

»Das haben wir doch schon tausendmal durchgekaut, Helene! Ich wollte nur, dass aus unserem Sohn was Vernünftiges wird und er sich auf die eigenen Beine stellt, statt sich auf den Reichtum der Eltern zu verlassen. Ich habe dabei immer nur das Beste für Dennis im Sinn gehabt!«

»Und ihn damit direkt in die Arme dieser Nadine Soundso getrieben. Ihren Nachnamen haben wir ja leider trotz des überhöhten Honorars dieses Privatdetektivs, den du engagiert hattest, niemals herausgefunden! Diese Frau war ein sehr schlechter Umgang für unseren Jungen, davon bin ich nach wie vor überzeugt! Was nutzt das ganze verfluchte Geld, wenn es nicht dabei hilft, ihn zu uns zurückzubringen?«

Der Türgong lässt die streitenden Eheleute auch jetzt wieder synchron zusammenfahren und ihren Disput, der in dieser oder ähnlicher Form ohnehin seit Jahren an der Tagesordnung ist, sofort beenden. Während Helene Holm sich vor Schreck und banger Erwartung die Hand an den Mund hält, erhebt sich ihr Ehemann schwerfällig von seinem Platz, um zur Haustür zu gehen. Wie immer ist auch er sich nicht ganz darüber im Klaren, ob ihm angenehm sein wird, was der unbekannte Besucher ihnen zu sagen hat.

»Ja, bitte?« Er beäugt den jungen Mann vor seiner Haustür misstrauisch, der etwa im selben Alter wie ihr Dennis sein dürfte. Seine Kleidung ist einigermaßen sauber, aber zerknittert und sie wirkt, als habe er mehrere Nächte darin geschlafen. Zudem sieht er extrem übernächtigt aus, ist unrasiert und die Haare stehen ihm etwas vom Kopf ab, so als seien sie elektrisch aufgeladen. Insgesamt hinterlässt der Besucher jedoch merkwürdigerweise trotzdem gar keinen so unangenehmen Eindruck, und außerdem kommt er ihm irgendwie bekannt vor.

»Äh, guten Tag, Herr Holm«, sagt der junge Mann nach mehrmaligem verlegenen Räuspern. »Dennis schickt mich. Ihr Sohn braucht ganz dringend ihre Hilfe!«

»Was sagen Sie da?« Viktor ist geradezu wie vom Donner gerührt. Mit allem hatte er gerechnet, aber *das*? »Das muss ein Irrtum sein!«, stößt er hervor. »Unser Sohn ist ... Wir haben seit Jahren nichts mehr von ihm gehört. Wir hielten ihn für tot!«

»Das ist eine sehr lange Geschichte, darf ich einen Augenblick hereinkommen? Mein Name ist übrigens Karsten Engels, ich und Dennis ... Also, wir waren in derselben Klasse auf dem Gymnasium und sowas wie beste Freunde!«

»Müsste ich Sie dann nicht eigentlich kennen? Ich erinnere mich aber gar nicht an Sie.« Sofort flackert erneutes Misstrauen bei Holm auf. Man ist ja mittlerweile durch das Fernsehen hinreichend vor dem sogenannten Enkeltrick gewarnt, der ab und zu auch in abgewandelter Form Anwendung findet.

»Nun lass ihn in Gottes Namen endlich herein!«, ertönt unvermittelt die ungewohnt resolute Stimme seiner Gattin in seinem Rücken. Helene muss das kurze Gespräch mitbekommen haben und steht nun direkt hinter ihm. »Ich bin mir sicher, dass der junge Mann uns seine Behauptung beweisen kann, habe ich recht?«, wendet sie sich an den Besucher.

* * *

»Sie wundern sich bestimmt über meinen reichlich desolaten Aufzug«, entschuldigt sich der junge Mann auf dem Weg ins Wohnzimmer. »Ich komme geradewegs mit dem Auto aus Griechenland und bin seit zwei Tagen nahezu ununterbrochen unterwegs. Ich habe während dieser Zeit kaum etwas gegessen und nachts immer nur ein paar Stunden in meinem Wagen geschlafen. Für Dennis würde ich selbstverständlich jederzeit noch viel mehr auf mich nehmen, doch jetzt benötigt er ganz dringend *Ihre* Hilfe!«

»Was ist denn mit unserem Sohn?«, haucht Helene Holm erschrocken. Die unausgesprochene Information, dass er lebt, zaubert jedoch gleichzeitig ein hoffnungsvolles Leuchten in ihr Gesicht.

»Halt!«, geht ihr Gatte jetzt energisch dazwischen. »Sie können uns ja viel erzählen, junger Mann! Wie wäre es denn, wenn Sie uns zuerst einmal beweisen würden, dass Sie wirklich derjenige sind, für den Sie sich ausgeben?« Schließlich kennen sie den Besucher nicht, und ähnliche Nachrichten wie diese gab es in der Anfangszeit nach dem spurlosen Verschwinden ihres Sohnes mehrfach.

Und jedes Mal, wenn eine weitere Hoffnung wie eine Seifenblase zerplatzt war, ging es Helene schlechter als zuvor.

»Klar doch! Sie erkennen mich nicht mehr, oder?« Der angebliche Karsten Engels zieht sein Smartphone aus der Hosentasche und öffnet die Bildergalerie. »Hier, sehen Sie? Das ist Dennis mit einem der Lehrer auf der Abitur-Abschlussfahrt nach Italien. Ach ja, und hier sind wir sogar beide drauf, das wurde von einem Mitschüler in Rom aufgenommen. Ich hatte damals die Haare noch anders. Und das Mädchen auf diesem Bild hier ist Nadine mit mir und Dennis an seinem siebenundzwanzigsten Geburtstag, das war bei den beiden zu Hause!«

Helene schlägt erschrocken eine Hand vor ihren Mund. »Das war etwa drei Monate, nachdem er ohne Abschied verschwand!«, keucht sie entsetzt, während sie das letzte Foto wie hypnotisiert anstarrt. »Was ist damals passiert, wissen Sie das?«

»Er ... Er hat eine große Dummheit begangen«, biegt der vermeintliche Freund die Geschichte etwas zu seinen Gunsten zurecht. Dass dieses ›Geburtstagsfoto‹ bei einer früheren Gelegenheit entstanden ist, sieht man ihm ja nicht unbedingt an. »Er verübte zusammen mit seiner Freundin und einem weiteren Komplizen einen Banküberfall. Das war ein ziemlich übler Bursche, den er durch Nadine kennengelernt hatte. Der hat auch verhindert, dass Dennis danach Kontakt mit Ihnen aufnehmen konnte.«

»War das der Überfall auf eine Kreissparkasse in Gummersbach vor vier Jahren?«, unterbricht Viktor Holm ihn. »Davon habe ich in der Zeitung gelesen!«

»Ganz genau. Dieser Komplize war ein Verräter. Er setzte sich mit der gesamten Beute ab, nachdem er der Polizei einen Tipp gegeben hatte. Dennis musste dann mit seiner Freundin ins Ausland fliehen. Zuerst Italien, später Griechenland. Dort befindet sich Ihr Sohn auch jetzt noch, geriet jedoch vor kurzem in die Fänge einer Gangsterbande. Er konnte zwar schließlich ein Lösegeld mit denen aushandeln, aber sie werden ihn töten, wenn ich nicht bis Sonntag mit 100.000 Euro zurückkehre! Sobald sie das Geld haben, wollen Sie ihn freilassen.«

»Das ist ja ganz furchtbar, wenn wir das alles nur geahnt hätten! Was ist mit seiner Freundin, dieser Nadine geschehen?«, will Viktor Holm wissen. Der eigentlich recht offensichtliche Logikfehler in dieser Räuberpistole fällt ihm zunächst nicht auf.

»Nadine hat es leider nicht ganz geschafft«, schüttelt Karsten Engels traurig den Kopf. »Sie wurde bei dem Überfall von einem der Banditen brutal hinterrücks erschossen!«

Viktors Stirn umwölkt sich zusehends mit jedem Wort, das er aus dem Mund des Besuchers zu hören bekommt. »Also ich weiß nicht recht, irgendetwas an Ihrer Geschichte …« Bevor er den Gedanken aber zu Ende führen kann, der ihm zu dieser seiner Meinung nach reichlich abstrusen Story gekommen ist, meldet der Türgong einen weiteren Ankömmling.

»Wir werden später noch darüber reden. Wenn Sie mich für den Augenblick jedoch bitte entschuldigen wollen?«, nickt er dem angeblich besten Freund des Sohnes zu und erhebt sich von seinem Platz.

* * *

Kripo Siegburg, zwei Stunden zuvor

Mittwoch, 17. März, 10:02 Uhr

»Wir kommen dem Burschen langsam aber sicher immer näher!«, freut sich Donner über den durchschlagenden Erfolg seiner Ermittler und der Forensik vom Vortag. »Das Wechseln der Kennzeichen wird ihm auch nicht mehr helfen, da wir diese Nummernschilder mittlerweile kennen. Außerdem sind sie seit zwei Jahren ungültig und stehen daher bei unseren Kollegen von der Streife auf der Fahndungsliste. Bei der nächsten Verkehrskontrolle ist er fällig!«

»Das mit den Kennzeichen weiß er vermutlich gar nicht, Chef«, vermutet Denise Malowski. »Irgendwie scheinen seine Handlungen ohnehin etwas planlos zu sein!«

»Er ist jetzt in die Enge getrieben wie ein Karnickel auf der Flucht vor der Meute! Ich glaube zwar nicht, dass er sich auf dem alten Bauernhof seines Vaters nochmal blicken lässt, werde aber trotzdem für alle Fälle die Kollegen aus Much anweisen, dort öfter mal vorbeizuschauen. Ich habe so ein Gefühl, dass wir ihn bald geschnappt haben werden!«

»Die Tatsache, dass der Honda Civic des ermordeten Dennis Holm unter dem Stroh versteckt war, stellt jedenfalls einen direkten Bezug zu Andreas

Stumpf als Täter dar«, bekräftigt Tobias Heller. »Eine Überprüfung der Fahrgestellnummer hat zweifelsfrei ergeben, dass es sich definitiv um das gesuchte Fahrzeug handelt, das wir demzufolge letztendlich doch noch aufgespürt haben! Das ist wesentlich mehr als ein Indiz, das kann man durchaus schon als Beweis ansehen! Sein Vater befand sich zum Tatzeitpunkt bekanntlich bereits in Haft.«

»Zumal dieses Auto bei weitem nicht den einzigen Hinweis darstellt«, meldet sich Jürgen Vogel unaufgefordert zu Wort. »Der Tatverdächtige hat ja in der Vergangenheit wiederholt bewiesen, dass er reichlich sorglos mit seinen Hinterlassenschaften umzugehen pflegt. So fanden wir seine Fingerabdrücke, wie ihr wisst, schon in der Wohnung der getöteten Nadine Kemper, an der Tatwaffe und nicht zuletzt an deren Auto. Unter diesem Aspekt ist es mir allerdings völlig unverständlich, dass er dann später vor seiner Flucht die Bude abfackelte, um seine Spuren zu verwischen. In den Räumen des Gehöfts waren ebenfalls frische Fingerabdrücke von ihm nachzuweisen, seine DNA war hingegen bisher an keinem dieser Orte zu finden. Aber das könnte sich jetzt geändert haben!«

»Das ist auch so eine Sache. Warum hat der Kerl das Tatwerkzeug nicht separat entsorgt, wie es jeder halbwegs normale Mensch tun würde?«, wundert sich Chrissie Ohlsen. »Stattdessen legt er es mitsamt dem Spaten in den Kofferraum von Holms Auto und versteckt es in der Scheune, wo wir es dann finden!«

»In der Tatnacht musste alles sehr schnell gehen«, vermutet Horst Weiland. »Er fuhr den Wagen daher zunächst irgendwohin, wo er in den nächsten Tagen nicht entdeckt würde. Das wird in der Nähe gewesen sein, weil er in derselben Nacht noch das am Tatort zurückgelassene eigene Auto holen wollte, was er zu Fuß erledigen musste. Später kam er auf die Idee, das Beweisstück in der Scheune des für Jahre abwesenden Vaters zu verstecken, wo es dann vermutlich einfach in Vergessenheit geriet.«

»Darf ich jetzt wieder?«, brummt der Forensiker, ungehalten über die Unterbrechung. »Aufgrund der Lagerung in dem beinahe luftdicht abgeschlossenen Kofferraum waren die beiden Gartengeräte in einem sehr guten Zustand. Den Spaten haben wir uns schon vorgenommen, die Anhaftungen von Erde entsprechen in ihrer Zusammensetzung exakt der Stelle im Wald, wo das Skelett gefunden wurde. Es ist daher davon auszugehen, dass dort damit gegraben wurde. Gleiches gilt auch für die Spitzhacke, wobei wir daran zusätzlich eingetrocknetes Blut nachweisen konnten! Ob es vom Opfer stammt, muss die bereits in Auftrag gegebene Analyse erweisen, die wir aber erst Anfang nächste Woche vorliegen haben werden. Dasselbe gilt für die vorhandene und hoffentlich verwertbare DNA am Stiel!«

»Den aber laut unserer Theorie mindestens zwei Personen in der Hand gehalten haben dürften«, fasst Donner das Gehörte zusammen. »Wenn wir Glück haben, ist das Blut von Dennis Holm und eine der Spuren am Stiel von seinem Mörder! Wir haben zwar derzeit keine unmittelbare Vergleichsmöglichkeit zur Verfügung, können uns aber vorerst auf die DNA von Heinrich Stumpf und Nicklas Malow... äh, Kemper stützen«, verkündet er mit einem leichten Schmunzeln in Richtung Denise, die sofort argwöhnt, dass der ›Versprecher‹ ihres Vorgesetzten durchaus beabsichtigt war.

»Ihr alle habt in den vergangenen Tagen wirklich hervorragende Arbeit geleistet«, fügt er abschließend nach einem Blick in die Runde hinzu. »Ich kann gar nicht oft genug wiederholen, wie extrem wichtig dieser Fund für unsere Ermittlungen war, denn nur mit der DNA werden wir in der Lage sein, Andreas Stumpf auch *dieses* Verbrechen letztendlich nachzuweisen! Das war es von meiner Seite. Wenn ihr nichts mehr habt, gehen wir zur Tagesordnung über. Da wir jetzt endlich einen Namen haben, bedeutet das in erster Linie, alles zu dem Mann zu recherchieren, was unsere vielfältigen Möglichkeiten hergeben.«

»Äh, ich hätte da noch was!«, meldet sich Chrissie Ohlsen ungewohnt kleinlaut zu Wort. »Wir sollten doch am vergangenen Freitag den Eheleuten Holm die Nachricht von der erfolgten Identifikation ihres verschollenen Sohnes überbringen ... Also, um es kurz zu machen: wir haben es irgendwie verschludert! Erst war alles so aufregend wegen Nicklas, der endlich gefunden worden war, und dann ist es wohl einfach in Vergessenheit geraten. Es war ja auch eine Menge los seitdem!«

»So?« Donners Stirn umwölkt sich zusehends. »Ich hatte mich in der Tat gewundert, dass davon nichts in euren Berichten stand! Nun ja, ich hätte ja auch einfach mal nachfragen können, nicht wahr? Du hast recht, wir hatten wirklich viel um die Ohren, doch das darf auf keinen Fall zu solchen Nachlässigkeiten führen, junge Dame! Das gilt natürlich ebenfalls für deinen Partner, der sich heute wohl vornehm zurückhält!«, bemerkt er mit einem Seitenblick zu Wolfgang Müller, der eine zerknirschte Miene aufgesetzt hat.

»Etwas wirklich Schlimmes ist dadurch aber zum Glück nicht passiert«, zeigt Donner sich nachsichtig. »Ich schlage daher vor, du holst das umgehend nach und überbringst den Eltern die überfällige Botschaft, damit ihre Ungewissheit ein Ende hat und die armen Leute endlich richtig um ihren Sohn trauern können. Das wirst du heute ausnahmsweise einmal alleine auf die Reihe bekommen müssen, denn ich benötige momentan sämtliche verfügbaren Kräfte hier im Kommissariat. Für die angesprochenen Recherchen und falls sich Neuigkeiten bezüglich der Fahndung nach Andreas Stumpf ergeben sollten!«

* * *

Vor der Haustür steht die kleine blonde Kommissarin, die ihn und seine Frau vor einigen Tagen schon einmal zu ihrem Sohn und dessen Freundin befragt hatte, ohne dabei allerdings konkrete Einzelheiten zum Grund ihres Besuches zu nennen. Alles, was sie und ihr schwergewichtiger Kollege preisgaben, waren nichtssagende Aussagen zu irgendwelchen Ermittlungen, in deren Fokus Dennis angeblich geraten sein sollte. Ihr Partner ist dieses Mal offensichtlich nicht mitgekommen.

»Guten Tag, Herr Holm! Christina Ohlsen, Kripo Siegburg«, stellt die junge Polizistin sich überflüssigerweise erneut vor. Schließlich ist er ja nicht völlig verkalkt! Die Verärgerung über diese seiner Meinung nach respektlose Behandlung spiegelt sich deutlich in seinem Gesicht wider. Sie lässt sich davon jedoch wenig beeindrucken und hält ihm auch noch ihren Dienstausweis vor die Nase, was offenbar Vorschrift bei ihrer Behörde ist. »Ich müsste kurz mit Ihnen und Ihrer Gattin sprechen. Darf ich einen Moment hereinkommen?«

Viktor Holm befürchtet allerdings, dass dies dann vielleicht doch etwas zu viel an Aufregung an einem einzigen Tag für seine unter Depressionen leidende Gattin sein könnte, zumal dieser unverhofft aufgetauchte angebliche Freund wieder neue Hoffnung in ihr geweckt hat. Er schüttelt deshalb ablehnend den Kopf. »Das ist im Augenblick äußerst ungünstig, Frau Ohlsen. Helene geht es momentan nicht so gut, und außerdem haben wir gerade Besuch!«

»Bitte, es ist wirklich sehr wichtig!«, lässt sie nicht locker. Er hatte schon beim ersten Mal den Eindruck, dass sie es gewohnt ist, in dem Ermittlerduo den Ton anzugeben. »Es haben sich in der Zwischenzeit neue Erkenntnisse zu Ihrem Sohn Dennis ergeben, über die ich gerne mit Ihnen sprechen möchte. Es dauert auch bestimmt nicht lange!«

Erst hört man jahrelang nichts, und dann rennen sie einem förmlich die Bude ein, denkt Holm, gibt jedoch widerstrebend die Tür frei. »Kommen Sie, aber ich muss Sie bitten, sich kurzzufassen und Rücksicht auf den Gesundheitszustand meiner Frau zu nehmen.«

Kapitel 10

Christina Ohlsen schiebt sich an dem Hausherrn vorbei in die Diele, während Viktor Holm die Haustür leise hinter ihr schließt. *Bilde ich mir das nur ein, oder benimmt er sich mir gegenüber heute irgendwie merkwürdig?*, überlegt sie auf dem Weg ins Wohnzimmer, dessen Lage sie von ihrem ersten Aufenthalt kennt. *Ob das etwas mit diesem geheimnisvollen Besucher zu tun hat, den er vorhin erwähnte? Na, dann bin ich ja mal richtig gespannt!*

In der guten Stube angekommen, blickt ihr jedoch lediglich Helene Holm neugierig entgegen, von einer weiteren Person ist nichts zu sehen. Weder von dieser selbst, noch weisen irgendwelche Indizien wie etwa eine benutzte Kaffeetasse, ein Glas oder auch nur ein zerknautschtes Sofakissen darauf hin, dass sich hier kürzlich jemand aufgehalten hat. Was solche Dinge anbelangt, entgeht ihrem kriminalistisch geschulten Blick nicht die geringste Kleinigkeit.

»Sagten Sie nicht, Sie hätten Besuch?«, wendet sie sich irritiert an Viktor Holm, der direkt hinter ihr das Zimmer betreten hat und sich nun ebenfalls suchend umschaut. Schließlich sieht er seine Frau mit fragend hochgezogenen Augenbrauen an.

»Er musste schnell mal unsere Toilette benutzen«, informiert sie ihn. »Und was können wir für

Sie tun, Frau Kommissarin?«, wendet sie sich überraschend lebhaft an Chrissie Ohlsen. »Haben Sie noch Fragen an uns? Oder gibt es etwas Neues zu berichten? Wir würden zum Beispiel ganz gerne wissen, was aus der Speichelprobe geworden ist, die Ihr Kollege heute vor genau einer Woche von meinem Mann zwecks eines DNA-Vergleiches einforderte. Eine Übereinstimmung mit *Ihrer* Leiche kann dabei jedoch nicht herausgekommen sein. Unser Sohn lebt nämlich!«

Oje, das wird schwierig! Chrissie setzt sich über Eck zu ihr auf die Couch und schaut sie ernst an. »Ich kann Ihnen diesbezüglich nicht allzu viel Hoffnung machen, Frau Holm«, formuliert sie ihre Hiobsbotschaft so behutsam wie möglich. »Der DNA-Vergleich hat leider etwas anderes ergeben, und zwar haben unsere Genetiker eine Wahrscheinlichkeit von 99,999999 Prozent dafür errechnet, dass die von uns gefundene Leiche ein direkter Nachkomme Ihres Mannes ist. Daran gibt es nicht den geringsten Zweifel. Sofern nicht noch ein zweiter Sohn existiert, muss es sich also um Dennis handeln. Es tut mir sehr leid!«

In der nächsten Sekunde fühlt sie den kühlen Lauf einer Pistole an ihrer Schläfe und eine raue Männerstimme herrscht sie an: »Machen Sie keine Dummheiten, Frau Kommissarin! Eine Bewegung, und ich puste Ihnen das Gehirn aus dem Schädel! Haben wir uns verstanden?«

Das ist eine verdammte Falle!, schießt es ihr durch den Kopf, während sie förmlich zu Eis erstarrt. *Und ich Vollpfosten habe mich wie eine blutige Anfängerin* verhalten. *Regel Nummer eins lautet bekanntlich: in einer unbekannten Umgebung niemals mit dem Rücken zu einer Tür sitzen! Der Kerl muss irgendwo nebenan gewesen sein und sich von hinten angeschlichen haben! Und ich bin heute ohne meinen Partner hier!* Langsam und bedächtig, um den Mann mit der Schusswaffe nicht unnötig zu provozieren, nickt sie mit dem Kopf und hebt ihre Hände in Schulterhöhe.

* * *

Zur selben Zeit

»Also, ich finde das ja gar nicht in Ordnung, dass der Chef Chrissie ohne mich nach Much geschickt hat!«, brummt Wolfgang Müller. »Außerdem hat sie das mit der Benachrichtigung nicht alleine verbockt, da war ich ebenfalls dran beteiligt!«

»Hey, deine Freundin ist ein großes Mädchen ...«

»Und innen bestimmt sehr viel größer als außen!«, grinst Tobias Heller.

»... und kann ganz gut auf sich aufpassen!«, fährt Denise Malowski ungerührt fort, nicht ohne ihren Partner für dessen Albernheit mit einem vernichtenden Blick zu bedenken. »Sie ist doch nur zu den Eheleuten Holm, um ihnen die Nachricht vom Tod ihres Sohnes zu überbringen. Außerdem ist sie dort schon einmal zusammen mit dir gewesen, was soll da großartig passieren?«

»Im Übrigen hat der Chef absolut recht mit seiner Entscheidung«, wirft Tobias ein. »Wir anderen haben tatsächlich dringende Recherchen zu erledigen, da wir bekanntlich die Spur zu unserem Hauptverdächtigen vorübergehend verloren haben. Was habt ihr also bisher herausgefunden?«

Wie immer, wenn es etwas untereinander abzustimmen gibt, das nicht bis zur ›großen‹ Dienstbesprechung am nächsten Morgen warten kann, haben sich die Kommissare zwecks Informationsaustausch im Büro der leitenden Ermittler zusammengefunden. Dass hier die Maschine mit stets frisch aufgebrühtem Filterkaffee steht, ist dabei ein angenehmer Nebeneffekt.

»Ich habe mir die weiterführenden Schulen vorgenommen«, bringt Horst Weiland als Erster die Resultate seiner Nachforschungen zu Gehör. »Da wir ja mittlerweile wissen, wo unser Kandidat seine Kindheit verbrachte, war das unter dem Aspekt, dass dies ebenfalls für Dennis Holm gilt und wir immer noch nach einer Verbindung zwischen den drei beteiligten Personen suchen, immerhin naheliegend. Direkt im Ortskern von Much gibt es nur eine einzige Einrichtung dieser Art in Form einer Gesamtschule. Das hat die Recherchen etwas vereinfacht.«

»Wirst du uns auch heute noch mit dem Ergebnis dieser Recherchen beglücken?«, drängt Tobias den manchmal etwas umständlichen Kollegen, endlich mit der Sprache herauszurücken. Der nimmt nämlich jetzt erst einmal einen kräftigen Schluck aus seiner Kaffeetasse.

»Also gut, du Ungeduldiger! Vernimm Folgendes und staune: Die zwei haben nicht nur zur selben Zeit das Gymnasium besucht, sie waren auch in derselben Klasse und zudem dicke Freunde, wie einer ihrer ehemaligen Lehrer mir verriet. Dieser erinnerte sich außerdem daran, dass Andreas Stumpf ein ziemlicher Rabauke war, der ständig an der Grenze zum Schulverweis gestanden haben soll. Dies wiederum passt hervorragend zu dem Charakterbild, das wir uns von ihm gemacht haben. Somit haben wir jetzt endlich die fehlende Verbindung zwischen zwei der Beteiligten. Über Nadine Kemper habe ich allerdings diesbezüglich nichts herausgefunden.«

»Die besuchte von 2003 bis 2008 die Hauptschule in Neunkirchen-Seelscheid«, nimmt Wolfgang Müller die letzte Bemerkung des Freundes als willkommene Überleitung. »Zudem ist sie ja auch zwei Jahre jünger als die beiden Männer. Ich denke, wir können einen Zusammenhang über Dennis Holm herstellen, der ja mit ihr zusammen war. Natürlich wissen wir nicht, wie lange diese Beziehung dauerte, aber es gibt mit dessen Schulfreund Andreas Stumpf eine weitere Verbindung. Bei ihm handelt es sich ja mit großer Sicherheit um den Vater von Nicklas. Zudem hatte er zumindest kurz vor Nadines Tod Kontakt zu ihr und ist auf bislang ungeklärte Weise auch daran beteiligt gewesen. Was mich anbelangt, reicht das an Gemeinsamkeiten!«

»Wir dürfen die durch den Daumenabdruck nachgewiesene Beteiligung Stumpfs an diesem Banküberfall nicht ganz vergessen«, ergänzt Denise Malowski die Ausführungen der Kollegen. »Und das Auto des Mordopfers aus dem Wald bei Heister, das in der Scheune seines Vaters versteckt war, ist gleichfalls ein wichtiges Indiz. Wobei ein Geldschein aus der damaligen Beute ja in dessen ›Grab‹ gefunden wurde, was auf den ersten Blick zu belegen scheint, dass er einer der drei Bankräuber gewesen sein könnte. Und seine Freundin womöglich ebenfalls. Aber es gibt da eine kleine Ungereimtheit, die Tobias und ich vorhin aufgedeckt haben und die irgendwie nicht so recht zu dieser Annahme passt, ihr genau genommen sogar widerspricht!«

»Die Eltern von Dennis Holm sind nämlich ziemlich reich«, nickt ihr Partner. »Sein Vater machte vor etwa fünfzehn Jahren eine bahnbrechende Erfindung im Bereich der Energieerzeugung, die ihm ein kleines Vermögen eingebracht haben dürfte. Warum sollte sein damals sechsundzwanzigjähriger Sohn aber eine Bank wegen läppischer 30.000 Euro überfallen, die er zudem auch noch mit zwei Komplizen teilen musste, wenn seine Eltern Millionäre sind?«

»Chrissie ist doch gerade auf dem Weg zu denen, warum rufst du sie nicht kurz an und bittest darum, die beiden danach zu fragen, wo sie schon dort ist?«, schlägt Wolfgang Müller vor.

»Das ist eine ausgezeichnete Idee! Sie müsste auch mittlerweile angekommen sein«, stellt Denise nach einem prüfenden Blick zur Uhr fest und greift zu ihrem Mobiltelefon.

* * *

»Was fällt Ihnen denn ein? Lassen Sie sofort die Kommissarin in Ruhe!«, entrüstet sich Viktor Holm mit vor Zorn bebender Stimme. »Ist das Ihre Art, uns Ihre Dankbarkeit für die erwiesene Gastfreundschaft zu beweisen?« Seine Frau starrt derweil krei-

debleich und mit vor Schreck unnatürlich weit aufgerissenen Augen unverwandt die Pistole in der
Hand des Schulfreundes ihres Sohnes an.

»Quatsch keine Oper!«, raunzt der ihn sofort an
und presst dabei die Mündung seiner Waffe noch
stärker an die Schläfe der Polizistin, die nicht einmal zu blinzeln wagt. »Ich habe gleich gemerkt,
dass Sie mir die Geschichte mit dem Lösegeld nicht
so ganz abgekauft haben! Und jetzt, wo diese vorlaute Person hereingeschneit ist und unbedingt
hinausposaunen musste, dass Dennis tot ist,
kommt eben Plan ›B‹ ins Spiel!« Er wirft dem ver-
datterten Mann die Handschellen zu, die Christina
Ohlsen hinten an ihrem Waffengürtel befestigt
hatte. »Hier! Fesseln Sie die Frau mit den Händen
auf dem Rücken an den Heizkörper da drüben!«

Eine Minute später sitzt sie mit finsterer Miene
vor besagtem Radiator auf dem gefliesten Fußboden, die Hände mittels der metallenen Handfesseln
an eines der Rohre gekettet. »Damit kommen sie
nicht durch, Stumpf!«, zischt sie den Mann mit der
Pistole giftig an. Jetzt, wo sie ihm ins Gesicht sehen
kann, erkennt sie ihn natürlich sofort anhand des
Phantombildes, seine Stimme hatte sie ja noch nie
zuvor gehört.

»Was hat mich eigentlich verraten?«, will dieser
soeben von Viktor Holm wissen, während er sich
mit dem Sicherheitsverschluss am Holster der Polizistin abmüht, um deren Waffe an sich nehmen zu
können. Seine eigene Pistole wirft er danach achtlos auf den Couchtisch.

Scheiße, seine Knarre war überhaupt nicht geladen!, schießt es Chrissie Ohlsen in jäher Erkenntnis durch den Kopf. *Verdammt, das hätte ich vorher wissen müssen! Aber wer kann denn sowas ahnen? Na warte, Bursche, wenn ich dich in die Finger kriege!*

»Ihre Story war etwas zu dick aufgetragen«, beantwortet Holm derweil seine Frage. »Außerdem war der Banküberfall ein ganzes Jahr vor dem Verschwinden unseres Sohnes, von der fehlenden Logik in Ihrer Geschichte einmal abgesehen. Oder können Sie mir vielleicht erklären, wie Sie ausgerechnet jetzt nach Griechenland gekommen sein wollen, um für die angeblichen Entführer den Geldboten zu spielen?«

Plötzlich zerreißt in voller Lautstärke Beethovens neunte Sinfonie die nach Holms Worten entstandene Stille und lässt sämtliche Anwesenden außer Chrissie synchron zusammenzucken. Die ›Ode an die Freude‹, die aus ihrer Hosentasche dröhnt, ist ausschließlich Anrufen von Denises Diensthandy vorbehalten! »Das ist eine Kollegin aus dem Kommissariat«, erklärt sie den Klingelton. »Ich sollte da besser rangehen!«

»Ach was, die werden sich einfach später wieder melden«, wiegelt Stumpf ab und wedelt großspurig mit ihrer Dienstwaffe herum. »Was könnten die denn schon großartig ausrichten? Siegburg ist weit. Bis die hier sind, bin ich längst über alle Berge! Das Handy nehme ich aber besser an mich, bevor Sie noch Unfug damit abstellen!«, überlegt er und greift gleichzeitig in ihre Gesäßtasche.

Als hätte die Anruferin ihn gehört, verstummt der Klingelton nach dem dritten Mal. »Sehen Sie?«, nickt er selbstgefällig und legt das Telefon auf den Tisch zu seiner ungeladenen Pistole. »Und für Sie habe ich jetzt eine ganz besondere Aufgabe!«, wendet er sich dann an Viktor Holm, der sich neben seine verängstigte Frau auf die Couch gesetzt hat und beruhigend ihre Hand hält.

* * *

»Chrissie nimmt nicht ab«, meldet Denise den Kollegen, nachdem sie ihr Handy aus der Hand gelegt hat. »Sie hat ihr Telefon sicher auf ›lautlos‹ gestellt, damit sie bei der heiklen Angelegenheit nicht gestört wird. Ist ja auch nicht weiter schlimm, im Zweifel müsst ihr eben morgen noch einmal dorthin.«

»Kannst du nicht kurz ihr Handy orten lassen?«, lässt Wolfgang nicht locker. »Ich würde mich wesentlich besser fühlen, wenn ich genau wüsste, wo sie jetzt ist. Es könnte ja was passiert sein!«

Mit einer gemurmelten Bemerkung, die so ähnlich klingt wie ›die benehmen sich wie ein altes Ehepaar‹, greift die Hauptkommissarin augenrollend erneut zum Telefon. »Amara? Ich habe eine große Bitte an dich: Würdest du mal das Diensthandy von Christina Ohlsen anpingen? … … Okay, ich warte so lange … … Ja, dass es eingeschaltet ist, wusste ich schon … … Danke, du bist ein Schatz!«

»Deine bessere Hälfte befindet sich genau dort, wo sie jetzt sein sollte!«, informiert sie den ungeduldig wartenden Kollegen, nachdem sie die soeben von der IT-Spezialistin erhaltenen Koordinaten schnell mit *Google Maps* überprüft hat. »Es besteht also kein Grund, sich Sorgen zu machen!«

* * *

»An der Tatsache, dass ich dringend 100.000 Euro benötige, hat sich durch diesen Zwischenfall nämlich nichts geändert, alter Mann!«, informiert Stumpf den Hausherrn und fuchtelt erneut wild mit der erbeuteten Pistole herum.

Die Art und Weise, wie er diese in der Hand hält, lässt Chrissie sofort erkennen, dass er im Umgang damit nicht sehr geübt ist. Sie selbst ist durch die Mitgliedschaft ihres Vaters im Sportschützenverein seit ihrem sechzehnten Lebensjahr an Schusswaffen gewöhnt, und sieht sowas auf einen Blick.

Daraus lässt sich eventuell was machen, überdenkt sie ihre derzeit kargen Möglichkeiten. *Wahrscheinlich hat er die eigene Waffe nie benutzt! Mist, ich muss dringend Hilfe herbeirufen, aber das Handy hat er mir ja abgenommen! Vielleicht kann ich ihn irgendwie übertölpeln, der Hellste scheint er mir nämlich nicht zu sein. Erst mal hören, was er als Nächstes vorhat!*

»Sie werden sich jetzt zu Ihrer Bank begeben und mir das Geld besorgen, danach sind Sie mich gleich wieder los!«, fährt Stumpf fort. »Die beiden Damen bleiben in der Zwischenzeit als Pfand hier bei mir. Ich warne Sie: keine Polizei! Wenn ich einen von denen auch nur von weitem zu sehen bekomme, erschieße ich zuerst die Kommissarin und anschließend Ihre Frau, haben Sie das verstanden?«

»Das war ja wohl deutlich genug«, brummt Viktor Holm. »Ich muss Sie jedoch enttäuschen, so einfach ist das nicht! Eine solche Summe bekommt man nur auf Voranmeldung ausgezahlt. Wenn ich jetzt gleich bei meiner Bank anrufe, steht das Geld aber frühestens in zwei bis drei Stunden zur Abholung bereit!«

Andreas Stumpf schaut hektisch auf die Uhr. Wenn der alte Mann die Wahrheit sagt, wird die Zeit für ihn verdammt knapp. Irgendwie hatte er sich das alles wesentlich einfacher vorgestellt. Und die Anwesenheit der Polizeibeamtin verkompliziert die Angelegenheit noch zusätzlich. Ihre Kollegen werden doch garantiert wissen, wo sie sich momentan aufhält und können daher jederzeit auftauchen, wenn sie überfällig ist!

»Meine Vorgesetzte hat schon einmal versucht, mich zu erreichen«, meldet sich die Kommissarin in diesem Augenblick zu Wort. Die Gedanken, die hinter der Stirn des Geiselnehmers rotieren, sind ein aufgeschlagenes Buch für sie. Das ist die Chance, auf die sie gewartet hat! »Sie wird misstrauisch, sofern ich nicht innerhalb der nächsten halben Stunde zurückkehre. Die fackelt nicht lange, und dann haben Sie im Nullkommanichts die Kavallerie auf dem Hals! Ich könnte Ihnen etwas Zeit verschaffen, doch dafür benötige ich mein Handy!«

»Sie sind von der Polizei! Warum sollten Sie sowas tun wollen?«, argwöhnt Stumpf sofort eine Hinterlist, scheint aber durchaus interessiert zu sein.

»Ganz einfach. Als Polizistin ist es vor allem meine Aufgabe, Blutvergießen zu verhindern! Wenn jedoch das SEK hier hereinstürmt, gibt es womöglich ein sinnloses Blutbad, und das wollen wir doch beide nicht, oder? Ich rufe nur schnell im Kommissariat an, dass ich aus irgendeinem Grund später komme. Es wird mir da schon was einfallen, damit meine Vorgesetzte keinen Verdacht schöpft. Ich kann das Telefon auf Lautsprecher stellen, falls Sie das irgendwie beruhigt. Dann können Sie mithören!«

Man sieht es förmlich hinter seiner Stirn arbeiten, auf der sich jetzt feine Schweißperlen gebildet haben. Sein Blick geht erneut zur Uhr. »Also gut«, stimmt er schließlich widerstrebend zu, »aber ich warne Sie! Ein einziges falsches Wort, und es knallt! Sie, Herr Holm, werden jetzt den Anruf bei ihrer Bank tätigen. Für Sie gilt selbstverständlich das Gleiche: keine faulen Tricks! Anschließend befreien Sie die Kommissarin von den Handfesseln und geben ihr das Handy! Ich werde Sie alle drei dabei im Auge behalten. Wenn auch nur einer von Ihnen eine verdächtige Bewegung macht, ist es hier zappenduster, damit das klar ist!«

* * *

Denise schaut auf die Uhr. Es ist bereits das dritte Mal innerhalb der letzten zehn Minuten. »Chrissie ist seit fast zwei Stunden unterwegs«, stellt sie stirnrunzelnd fest. »Wie lange kann es denn dauern, eine simple Nachricht zu überbringen? Außerdem müsste sie doch in der Zwischenzeit gesehen haben, dass ich sie zu erreichen versucht habe! Langsam beginne ich selbst zu glauben, dass da etwas nicht stimmt!«

»Sie steckt vermutlich nur im Verkehr fest«, beruhigt Tobias sie. »Unter normalen Umständen benötigt man schon mehr als eine halbe Stunde bis Much. Oder es ist ihr irgendwas in den Sinn gekommen, was sie dringend noch nachprüfen will. Du weißt doch, wie spontan unsere Kleine diesbezüglich sein kann!«

»Sie hätte dennoch kurz Bescheid gesagt. Ich rufe nochmal auf ihrem Handy an!« Ihre Hand schwebt bereits über ihrem eigenen Smartphone, als dieses zu vibrieren beginnt. Im Büro ist es wie immer auf lautlos gestellt, um Tobias bei einem Anruf nicht mehr als notwendig zu stören. Auf dem Display erscheint ein Bild und darunter ein Name: Ohlsen. Aufatmend nimmt sie das Gespräch an.

»Chrissie? Gut, dass du …«

»Denise? Kannst du mich verstehen?«, wird sie sofort lautstark unterbrochen. »Meine *Freisprecheinrichtung* scheint irgendwie nicht richtig zu funktionieren!«

Sie runzelt nachdenklich die Stirn. *Freisprecheinrichtung? Und wieso betont sie das so komisch?* Dann fällt bei ihr der Groschen: Chrissie will ihr damit sagen, dass jemand mithört! Sie wedelt heftig mit der Hand, um die Aufmerksamkeit des Partners auf sich zu lenken, und legt verschwörerisch den Zeigefinger an ihre Lippen, bevor auch sie an ihrem Telefon die Mithörfunktion aktiviert.

»Denise?«, ertönt es erneut aus dem Lautsprecher, ungeduldiger diesmal, wie es scheint.

»Ja, ich kann dich hören«, beeilt sie sich, zu sagen. »Ist denn alles in Ordnung bei dir? Ich hatte vorhin schon einmal angerufen!«

»Da konnte ich gerade nicht ans Telefon. Hör mal, weshalb ich anrufe: Mir ist eben eingefallen, dass ich nachher einen wirklich dringenden privaten Termin habe. Wenn ich nicht zwischen *15:00 und 16:00 Uhr* dort gewesen bin, wird das heute nichts mehr und das ist *wirklich ganz extrem wichtig*! Das kann sich außerdem hinziehen, daher werde ich es bestimmt nicht rechtzeitig ins Büro schaffen! Wärst du wohl so lieb, Wolfgang auszurichten, dass ich deshalb sicher nicht mehr zum Kochen kommen werde? Er soll uns was vom Chinesen bringen lassen, das kann man zur Not aufwärmen. Hast du was zum Schreiben?«

* * *

Zehn Minuten später

»Der gesuchte Straftäter Andreas Stumpf hat die Eheleute Holm in seine Gewalt gebracht und offenbar auch Chrissie ausgeschaltet!«, wiederholt Tobias das, was die Kommissarin ihnen vorhin in verschlüsselter Form übermitteln konnte. »Er ist außerdem im Besitz ihrer Dienstwaffe. Entweder war seine eigene Pistole eine Attrappe oder nicht geladen, so ganz ist das ihrer Nachricht nicht zu entnehmen. Wichtig für uns ist aber in erster Linie, dass einer der Geiseln, wir gehen davon aus, dass es Viktor Holm sein wird, zwischen 15:00 und 16:00 Uhr zur Bank fährt, um das Lösegeld abzuholen. Chrissie meinte, wir sollen ihn auf dem Weg dorthin abfangen. Sie selbst ist offenbar nicht einsatzfähig, also vermutlich gefesselt, machte aber am Telefon einen munteren Eindruck.«

»Und das hat sie euch alles mitteilen können, ohne dass der Geiselnehmer was davon mitgekriegt hat?«, wundert sich Donner einmal mehr über den Einfallsreichtum seiner Leute.

»Na, sie wird ihn so lange schwindlig gequatscht haben, bis er überhaupt nichts mehr geschnallt hat«, grinst Tobias. »Du kennst doch unsere kleine Nervensäge! Chrissie würde selbst dem Papst ein Doppelbett nebst Zwillingskinderwagen verkaufen!«

»Sie hat es als Bestellung beim Chinesen getarnt«, erklärt Denise dem Vorgesetzten. »Als Platzhalter für die Menüs dienten dabei die Zahlencodes des Polizeifunks. Das hier ist der Zettel mit der verschlüsselten Botschaft, die ich notiert habe! Dass sie sich im Haus der Familie Holm aufhält, ist gesichert. Amara hat ihren Standort durch anpingen ihres Handys ermittelt.« Sie lässt das Blatt reihum gehen.

Anzahl	Code	Bedeutung
1	231	Geiselnahme
3	232	Geisel
1	041	Täter
1	093	Gesuchter
2	028	Waffen
1	121	Schusswaffe
1	234	Nicht einsatzbereit
1	092	Geldtransport
1	059	Begleitung/Eskorte

»Zum Glück kennen wir die alle auswendig«, nickt Horst Weiland beifällig. »Ich hätte nie gedacht, dass es einmal einen Vorteil bringen würde, dass man uns die Codes auf der Polizeischule förmlich eingetrichtert hat!«

»Das war richtiggehend clever! Das mit dem Täter und dem Geldtransport war uns direkt klar, nur mit der Waffe haben wir erst gerätselt, sind dann jedoch zu der Ansicht gelangt, dass es zuerst zwei Pistolen gab, von denen aber nur eine scharf war, also ihre eigene. Und die hat jetzt wohl der Geiselnehmer! Sie hat das ziemlich geschickt eingefädelt, von wegen, dass es bei ihr später wird und sie nicht mehr zum Kochen kommt und so. Dabei weiß ja nun wirklich jeder, wer dafür in dieser Partnerschaft zuständig ist«, zwinkert Denise Wolfgang zu.

»Ganz davon abgesehen, dass man mich mit asiatischem Essen förmlich jagen kann«, brummt dieser. »Ich denke aber, dass wir langsam genug gequatscht haben und hoffentlich bald losziehen werden, um sie da herauszuhauen.«

»Ganz ruhig, wir ziehen ein SEK hinzu und fahren sofort los!«, beschwichtigt Donner ihn. »Bis zur Geldübergabe sind es immerhin noch etwa zwei Stunden, wenn wir die früheste von Chrissie erwähnte Uhrzeit zugrundelegen. Ich komme selbst mit, du aber bleibst mit Horst hier im Kommissariat!«

»Warum denn das jetzt?«, begehrt Müller auf. Es ist ihm anzusehen, dass er am liebsten sofort blindlings losstürmen würde, wenn nötig auch alleine.

»Das ist doch wohl sonnenklar: Das ›*dynamische Duo*‹ benötige ich vor Ort und zwei von euch müssen für den Fall hierbleiben, dass es bei uns zu Komplikationen kommt. Außerdem ist da draußen ein kühler Kopf vonnöten, und darüber verfügst du momentan nicht, fürchte ich!«

Kapitel 11

Mittwoch, 17. März, 14:58 Uhr

»Zielperson verlässt soeben das Haus!«, meldet der am Fenster postierte SEK-Mann seinem Kommandanten militärisch knapp. »Jetzt fährt er den Wagen aus der Garage und fädelt sich auf die Straße in Richtung Innenstadt ein!«

Hauptkommissar Ulf Meyer, mit dessen Einheit man es in der Vergangenheit bereits mehrfach zu tun gehabt hatte, nimmt die Meldung mit unbewegtem Gesicht entgegen. »Danke, Frieder!«, nickt er dem Mann zu. »Weit kommt er sowieso nicht, da die Straße in beiden Richtungen überwacht wird.«

Als sie vor einer Stunde hier ankamen, fanden sie nahezu perfekte Voraussetzungen für ihre geplante Aktion vor. Direkt gegenüber dem Wohnhaus der Eheleute Holm befindet sich eine Gaststätte, deren Betreiber sie bereitwillig über einen Hintereingang in die Schankstube ließ, sodass sie ihre provisorische Einsatzzentrale ungesehen betreten konnten. Die Eingangstür ist ohnehin ganztägig abgesperrt, da die Kneipe ihren Betrieb aufgrund der allgemeinen Lage derzeit nicht aufnehmen darf.

Meyer breitet einen Grundrissplan auf einem der Tische aus. Es war ein Meisterstück der Logistik, diesen vom städtischen Bauamt in der verfügbaren Zeit zu erhalten. »Wir haben ab jetzt maximal etwa eine Stunde«, erklärt er Donner, Malowski und Heller. »So lange wird unser Geiselnehmer stillhalten. Sollte Holm bis dahin nicht zurück sein, wird er sehr wahrscheinlich ungeduldig werden.«

»Haben Sie schon einen konkreten Plan?«, erkundigt sich Denise, die sich vor allem um das Wohl ihrer Freundin und Kollegin sorgt.

»Dazu benötigen wir zuerst eine möglichst exakte Beschreibung der örtlichen Gegebenheiten, Frau Hauptkommissarin. Sobald wir wissen, wer sich in diesem Gebäude wo befindet, sehen wir weiter. Die Wärmebildkameras helfen uns leider nicht dabei, ich vermute daher, dass sich im vorderen Bereich derzeit niemand aufhält. Blindlings dort hineinzustürmen, bringt uns aber überhaupt nichts!«

Zwei SEK-Beamte führen einen sich heftig zur Wehr setzenden älteren Herrn in Hut und Mantel durch die Hintertür herein, der eine große Aktentasche an sich presst. »Viktor Holm, Kommandant!«, meldet einer von ihnen.

»Was soll das werden?«, entrüstet sich der Mann, nachdem die Beamten ihn endlich losgelassen haben. Sein Gesicht hat dabei eine höchst ungesunde Farbe angenommen. »Ich muss zur Bank, das Leben meiner Frau und einer Polizeibeamtin hängt davon ab. Sowas nenne ich Polizeiwillkür!«

* * *

»Haben Sie meinen Sohn umgebracht?«, meldet sich Helene Holm zaghaft zu Wort, gleich nachdem ihr Mann das Haus mit Hut, Mantel und Aktentasche verlassen hat, um das geforderte Lösegeld von der Bank abzuholen. Chrissie Ohlsen ist seit ihrem Telefonat mit Denise wieder an den Heizkörper gekettet.

»Was meinen Sie?«, schreckt Andreas Stumpf aus seinen Gedanken. Er sah sich im Geiste bereits unter Palmen am Strand irgendwo in Spanien.

»Ich will wissen, ob Sie Dennis auf dem Gewissen haben!«, schreit sie ihn an. Die Lippen der ansonsten immer so sanften Frau beben vor unterdrückter Wut.

»Er war ein Schwein!«, brüllt Stumpf. Offensichtlich wurde bei ihm ein empfindlicher Nerv getroffen. »Erst nimmt er mir meine Freundin, und dann wollte er auch noch mit dem Geld aus dem Banküberfall abhauen, da musste ich doch etwas unternehmen!«

»Warum hat er überhaupt bei euch mitgemacht?«, mischt sich Christina Ohlsen ein. Als Polizistin muss sie die Gunst der Stunde nutzen, mehr über die Sache zu erfahren. »Seine Eltern sind vermögend, er hatte das doch gar nicht nötig!«

»Ich weiß es nicht genau, aber das hat er bestimmt nur wegen Nadine getan. Die war ein richtiges Luder, sie hatte auch die Idee mit dem Banküberfall! Hat meinem Freund andauernd schöne Augen gemacht, und irgendwie ist es ihm dann tatsächlich gelungen, sie herumzukriegen. Die haben sich am Ende sogar eine Bude zusammen gemietet und ich war abgemeldet! Dabei hatte er sie über mich überhaupt erst kennengelernt. Nadine war *meine* Freundin!«

»Sie haben diese Situation dann irgendwann nicht mehr ertragen und ihren Freund aus purer Eifersucht erschlagen, habe ich recht?«, mutmaßt Ohlsen.

»Quatsch, so ist das nicht gewesen! Es stimmt, ich war stinksauer, dass Nadine mich sitzengelassen hat. Habe öfters abends mit dem Auto vor ihrer Wohnung gestanden, einfach nur so! Den beiden gegenüber habe ich durchblicken lassen, dass ich für ein paar Tage ins Ausland reisen würde. Eines Nachts sehe ich Dennis rauskommen und davonfahren. Hat ziemlich heimlich dabei getan und ich dachte, es wäre eine gute Idee, mal hinterherzufahren. Und dann traue ich meinen Augen nicht, als der Kerl zuerst ein leerstehendes Haus in Brand setzt und anschließend zu unserem Versteck fährt und die Beute ausgräbt! Da hat mich die Wut gepackt und ich verpasste ihm eins mit der Spitzhacke, die da herumlag. Ich hab da gar nicht lange drüber nachgedacht. Danach habe ich mir den Zaster geschnappt und bin abgehauen.«

»Und aus welchem Grund haben Sie jetzt Nadine Kemper getötet?«, will die Kommissarin wissen. Sie hat zwar außer Helene Holm keine Zeugen, doch dies hier ist fast so gut wie ein Geständnis. Sie muss ihn nur am Reden halten!

»Hey, das können Sie mir aber nun wirklich nicht anhängen! Nachdem Dennis für seine Angehörigen spurlos verschwunden war, ist Nadine umgezogen und ich habe sie irgendwie aus den Augen verloren. Letzte Woche liefen wir uns zufällig in der Stadt über den Weg und sie hatte einen Jungen dabei. Bin ihr bis zu ihrer Wohnung gefolgt und habe sie deswegen zur Rede gestellt. Der Kleine hat ja das richtige Alter, und Dennis konnte nicht der Vater sein!«

»Weil Sie als sein ehemals bester Freund von der Infektion wussten, und dass er dadurch zeugungsunfähig geworden war?«

»Genau! Da kam ja nur noch ich infrage. Habe sie darauf angesprochen, sie hat mich nur angeschrien und sich ein Küchenmesser gegriffen. Ich habe dann versucht, es ihr abzunehmen, dabei hat sie sich selbst verletzt. Mann, hat das geblutet! Sie hat sich den Kleinen geschnappt und ist mit ihm abgehauen. Ich bin sofort hinterher, um ihr zu helfen. Aber als ich sie endlich eingeholt hatte, war sie schon tot!«

* * *

»Bitte beruhigen Sie sich, Herr Holm!«, übernimmt es Tobias Heller, den aufgebrachten Mann über den Zweck dieses Einsatzes zu informieren. »Wir wissen Bescheid und haben die Lage unter Kontrolle, soweit das unter den gegebenen Umständen möglich ist. Mit Ihrer Hilfe werden wir dafür sorgen, dass die beiden Frauen umgehend befreit werden!«

»Aber Sie verstehen nicht! Wenn ich dem Kerl das Geld aushändige, wird er uns gehen lassen, das hat er versprochen! Deshalb muss ich jetzt unbedingt sofort zu meiner Bank!«

»Es besteht keine Garantie, dass der Geiselnehmer so handeln wird. Viel wahrscheinlicher ist es, dass er mindestens eine der Frauen mitnehmen wird! Sie können uns jedoch helfen, genau das zu verhindern! Unterschätzen Sie außerdem Kommissarin Ohlsen nicht! Immerhin hat sie das Kunststück fertiggebracht, uns detaillierte Angaben zu dem Vorfall zu machen, ohne dass der Geiselnehmer dies mitbekommen hat. Wir wären sonst nämlich nicht hier. Sie wird uns im entscheidenden Moment ebenfalls eine große Hilfe sein!«

»Dann waren das irgendwelche Codes, die sie da am Telefon durchgegeben hat! Respekt! Und ich hatte mich gewundert, dass sie in aller Seelenruhe Essen bestellt hat!« Viktor Holm legt umständlich Hut und Mantel ab und schaut sich das enorme Aufgebot an gepanzerten Einsatzkräften sichtlich beeindruckt an. »In Ordnung, ich werde Ihnen dann wohl vertrauen müssen. Was soll ich tun?«

»Schauen Sie sich bitte einmal den Plan hier an«, winkt Ulf Meyer ihn zu sich. »Vordringlich ist es für uns wichtig, zu wissen, wo sich die drei Personen im Haus aufhalten. Daran wird sich dann unsere weitere Vorgehensweise orientieren.«

»Lassen Sie mal sehen … Hier vorne sind Küche und Bad … Hinten links ist das Schlafzimmer und geradeaus ist das Wohnzimmer«, tippt Viktor Holm mehrmals mit dem Finger auf einen großen Raum im rückwärtigen Bereich. »Am Fenster ist Ihre Kollegin mit Handschellen an den Heizkörper gefesselt. Meine Frau wird wohl immer noch auf der Couch rechts an der Wand sitzen und der Geiselnehmer wandert die ganze Zeit unruhig umher. Zumindest tat er das bis vor ein paar Minuten!«

Meyer reibt sich nachdenklich über das Kinn. »Das ist dieses Mal wirklich äußerst ungünstig«, wendet er sich mit verkniffener Miene an die Kollegen von der Kriminalpolizei. »Der Hausflur ist locker zehn Meter lang, da bleibt dem Kerl jede Menge Zeit, sich auf die neue Situation einzustellen, sobald meine Leute die Haustür aufbrechen. Sie sind zwar extrem schnell, aber zaubern können die auch nicht! Wenn wir über den Garten kommen, sieht er uns sowieso schon von weitem und bis Einbruch der Dunkelheit können wir nicht warten! Hat irgendjemand eine Idee, wie eine Gefährdung der Geiseln vermieden werden kann?«

»Ich hätte vielleicht einen Vorschlag, wie wir das schaffen könnten«, ergreift Donner das Wort. »Herr Holm und ich gleichen uns in Größe und Statur einigermaßen. Mit Hut und Mantel wäre der Unterschied nicht auf Anhieb zu erkennen.«

»Und dann? Was machen Sie, nachdem Sie das Haus betreten haben? Aber etwas anderes fällt mir jetzt auch nicht ein. Es wäre auf jeden Fall ein unkalkulierbares Risiko!« Meyer schaut auf die Uhr. »Viel Zeit ist nicht mehr!«

»Kommandant?« Einer seiner Männer ist zu der Gruppe getreten und baut sich militärisch korrekt vor ihm auf. »Ich finde, wir sollten diesen Vorschlag unter Einhaltung gewisser Sicherheitsmaßnahmen durchaus in Erwägung ziehen!«, fährt er in gestelzter Sprechweise fort, nachdem er die Aufmerksamkeit des Vorgesetzten auf sich gerichtet sieht.

»Jeder Plan, der nicht das Wort ›Aufgeben‹ enthält, ist willkommen!«, ermuntert Meyer ihn. »Ich höre!«

»Ich denke mir das etwa so: Das Gesicht von Herrn Erster Hauptkommissar Donner wird, sofern er bei der Annäherung an das Haus den Kopf gesenkt hält, durch die Hutkrempe nicht vollständig zu sehen sein. Außerdem machen wir uns bei der Aktion die Erwartungshaltung des Mannes zunutze. Einer mit Hut und Mantel hat das Haus verlassen, einer kommt zurück! Ich habe mir das weitere Vorgehen folgendermaßen vorgestellt ...«

Während der Polizeikommissar dem Vorgesetzten seinen Plan in allen Details vorträgt, hört Donner an der Seite seiner Ermittler mit wachsendem Interesse zu. *Ja, so könnte es tatsächlich funktionieren*, denkt er beeindruckt. *Gewagt, aber durchführbar!*

* * *

»Was dauert das denn so lange?« Andreas Stumpf unterbricht seine ruhelose Wanderung durch das Wohnzimmer direkt vor Christina Ohlsen und schaut zum fünften Mal innerhalb der letzten Viertelstunde auf die Uhr. »Dieser Mensch ist jetzt eine geschlagene Stunde fort. Wo bleibt er denn nur? Jeden Moment können die Bullen hier auftauchen!«

Er fixiert die vor ihm auf dem Fußboden sitzende Kommissarin mit plötzlich erwachtem Misstrauen in den Augen. Erneut fuchtelt er mit der Pistole herum. »Ich traue der Sache mittlerweile nämlich nicht mehr so ganz! Sie haben Ihrer Kollegin vorhin am Telefon einen versteckten Hinweis gegeben, nicht wahr?«

»Seien Sie nicht albern! Von Siegburg braucht man keine halbe Stunde! Die wären längst hier, glauben Sie mir! Herr Holm wird bestimmt jeden Moment mit dem Geld erscheinen«, versucht sie ihn von seinem gefährlichen Verdacht abzulenken. »Was wollen Sie dann damit machen? Werden Sie sich ins Ausland absetzen? Sie wissen, dass es dort Einrichtungen wie Interpol gibt? Sie sollten sich ernsthaft überlegen, aufzugeben. Noch ist nichts Schlimmes passiert!«

»Nichts Schlimmes passiert?«, wiederholt Stumpf aufgebracht und hockt sich direkt vor sie, die erbeutete Waffe zwischen ihre Augen gerichtet. Chrissie Ohlsen blickt dadurch in die Mündung der eigenen Pistole! Mit mühsam erzwungener Ruhe ignoriert sie die drohende Gefahr und schaut ihm stattdessen trotzig ins Gesicht.

»Ich habe das Leben von zwei Menschen auf dem Gewissen, schon vergessen?«, zischt er unter einem Sprühregen aus Spucke. In seinen Augen flackert der helle Wahnsinn. »Überhaupt sind Sie mir etwas zu neugierig geworden, Frau Kommissarin. Ich sollte kurzen Prozess mit Ihnen machen!« Während sein Zeigefinger sich um den Abzug der Pistole krümmt, wandert Chrissies Blick beinahe wie von selbst zu Helene Holm, die sich mit einer Mischung aus Entsetzen und Wut auf ihren normalerweise sanften Gesichtszügen hinter Andreas Stumpf aufgebaut hat. Dann drückt er ab!

Donner stellt Holms Mercedes in die immer noch offen stehende Garage neben dem Haus, auf diese Weise kann er ungesehen aussteigen und direkt an der Wand entlang zur Haustür gehen. Entsprechend der Vorgabe des SEK-Beamten senkt er dabei den Kopf, um sein Gesicht unter der Hutkrempe zu verbergen. Die Aktentasche, die selbstverständlich kein Geld enthält, sondern mit Zeitungspapier ausgepolstert wurde, muss er zum Aufschließen abstellen, denn seine linke Faust umschließt ein sogenanntes *Flashbang*. Die etwa fünfzehn Zentimeter lange, zylinderförmige Schock- oder Blendgranate wird nur durch den in seiner Handfläche fixierten Sicherungsbügel daran gehindert, loszugehen!

Er ruft sich noch einmal in Erinnerung, was ihm über dieses höchst wirksame Defensivsystem gesagt wurde: »Eine Blendgranate«, so Ulf Meyer, »erzeugt einen extrem lauten Knall mit einer Stärke von bis zu 180 *Dezibel* bei gleichzeitiger Emission eines enorm grellen Lichtblitzes von etwa 6-8 Millionen *Candela*. Eine Druckwelle entsteht dabei nicht, sodass es nicht notwendig ist, in Deckung zu gehen. Sie sollten jedoch den Blick abwenden und die Augen fest schließen. Achten Sie außerdem auf den korrekten Sitz Ihrer Hörschutzstöpsel! Der Knall ist nämlich wirklich sehr, sehr laut und wird jeden, der ihm und dem Lichtblitz unvorbereitet ausgesetzt ist, für Minuten taub und blind sowie völlig orientierungslos machen! Sobald Sie die Granate loslassen, wird sie innerhalb einer halben Sekunde detonieren, gehen Sie also behutsam damit um!«

Er nimmt die Aktentasche wieder auf und betritt vorsichtig den Hausflur, in dem sich jedoch erwartungsgemäß niemand aufhält. Chrissie Ohlsen ist in ihrer Bewegungsfreiheit ja derzeit eingeschränkt, wie ihnen Viktor Holm vorhin noch einmal bestätigte, und Andreas Stumpf wird seine andere Geisel sicher nicht völlig unbeaufsichtigt lassen. Er klemmt den vorbereiteten Holzkeil in die Tür, um dem SEK später den Zugriff zu erleichtern, und legt dann die Strecke bis zur Wohnzimmertür nach einem tiefen Durchatmen zügig zurück.

Der im Grunde recht simple Plan sieht vor, den Raum zu betreten, schnell die Lage zu peilen und die Granate einfach fallenzulassen, falls die Zielperson anwesend ist. Aber wie so oft im Leben kommt es eben auch dieses Mal anders als geplant! Donner legt nach einer Sekunde des Zögerns soeben entschlossen die Hand an die Klinke, als aus dem Raum dahinter ein lauter, peitschender Knall ertönt! War das ein Schuss? Sämtliche Vorsicht außer Acht lassend, stößt er die Tür auf und stürmt hinein.

* * *

Zwei, nein drei Dinge geschehen nahezu gleichzeitig beziehungsweise im Sekundentakt kurz hintereinander. So genau wird sich das später nicht mehr rekonstruieren lassen.

Nummer eins: Stumpf versucht, die Pistole abzufeuern, was ihm jedoch aufgrund eines im Grunde ziemlich simplen Umstandes zunächst nicht möglich ist. Er hat nämlich vergessen, den Sicherungs-hebel umzulegen. Hektisch betätigt er erneut den Abzug, und selbstverständlich wieder ohne Erfolg.

Nummer zwei: Während Stumpf sich noch mit der vermeintlich funktionsuntüchtigen Waffe ab-müht, holt die hinter ihm stehende wütende Haus-frau mit einem gläsernen Aschenbecher aus, den sie unbemerkt an sich genommen hatte, und zieht ihm diesen mit Wucht über den Hinterkopf, worauf er besinnungslos zu Boden geht. Danach lässt sie das schwere Teil einfach fallen, was auf den Granit-fliesen ein peitschendes, schussähnliches Geräusch erzeugt.

Nummer drei: Einen oder maximal zwei Atem-züge später wird die Wohnzimmertür heftig aufge-stoßen und ein Mann in Hut und Mantel steht wie ein Racheengel mit flammendem Blick im Raum, doch es ist nicht Viktor Holm!

»Tolles Outfit, Chef!«, grinst Chrissie den uner-warteten Ankömmling erleichtert an. »Da fehlt nur eine Maske, und du wärst von *Secret Squirrel*, dem ›geheimen Eichkater‹ kaum noch zu unterscheiden! Es wäre aber schön, wenn du mich jetzt erstmal los-machen würdest, statt herumzustehen und die Aussicht zu genießen! Den Schlüssel für die Hand-schellen hat der Kerl in seiner Hosentasche.«

Kapitel 12

Zwei Tage später

Freitag, 19. März, 10:00 Uhr

»Beinahe hätte ich die Blendgranate doch noch vor Schreck fallen lassen!«, gesteht Peter Donner seinen Ermittlern. »Das wäre dann sozusagen eine Festnahme mit Knalleffekt geworden! Ihr müsst euch das einmal bildlich vorstellen! Da stürme ich hinein in die gute Stube, weil ich glaubte, dass da ein Massaker angerichtet worden war, und sehe diesen Kerl ausgestreckt quer über Chrissies Beinen liegen, die Pistole direkt neben den beiden auf dem Boden. Und Helene Holm steht dabei und weint herzzerreißend.«

»Du bist haargenau zum richtigen Zeitpunkt auf der Bildfläche erschienen, Chef!«, bekräftigt Chrissie Ohlsen entschieden. »Wer weiß, wie das ausgegangen wäre, hättest du auch nur zehn Sekunden früher den Raum betreten. Frau Holm war nach ihrer Attacke mit dem Aschenbecher ein zitterndes Bündel und Stumpf konnte sich jederzeit von dem Hieb erholen und vielleicht doch irgendwann herausfinden, wie eine Pistole funktioniert!«

»Das hat sich zum Glück ja nicht bewahrheitet, er ist erst zwei Stunden später im Krankenhaus aufgewacht. Der Schlag war wohl ziemlich heftig ausgefallen!«

»Ich habe mich heute früh bei den Ärzten erkundigt. Er hat dabei einen doppelten Schädelbasisbruch erlitten und wird frühestens in zwei bis drei Wochen vernommen werden können«, berichtet Chrissie. »Frau Holm hat in ihrer Wut sehr fest zugeschlagen, was ihr zusätzlich dadurch erleichtert wurde, dass er sich vor mich hingehockt hatte!«

»In ihrer Gegenwart zu erzählen, wie er ihren Sohn erschlagen hat, war ja auch ein großer Fehler!«, nickt Denise. »Unterschätzt niemals eine Mutter! Wusstest du eigentlich die ganze Zeit, dass Stumpf mit der Pistole gar nicht richtig umgehen konnte?«

»Sagen wir es einmal so: Ich bin ja durch meinen Vater und den Schützenverein von Jugend an im Umgang mit Schusswaffen geübt. Ich hatte natürlich keine Ahnung, dass seine eigene Pistole gar nicht geladen war, sonst hätte er mich nicht so leicht überwältigen können. Aber dass die Knarre echt ist, habe ich sofort gecheckt. Auch, dass er im Umgang mit Handfeuerwaffen offenbar ungeübt ist, doch da war ich bereits mit Handschellen an die Heizung gekettet. Ich habe den Kerl danach nicht eine Sekunde aus den Augen gelassen und wusste daher sehr wohl, dass die Dienstwaffe nicht entsichert war! Mit einem Partner an meiner Seite wäre dieser ganze Schlamassel aber gar nicht erst passiert!«

»Ich hätte dich wirklich nicht alleine losschicken dürfen«, räumt Donner seinen Fehler ein. »Immerhin hast du die Gunst der Stunde genutzt, um Andreas Stumpf so eine Art Geständnis zu entlocken. Wem sonst wäre so etwas gelungen?«, lächelt der Kommissariatsleiter hintergründig. »Womit wir auch schon beim Thema angelangt sind, nämlich dem vorläufigen Abschluss dieses Falles. Da der mutmaßliche Täter aufgrund seiner Kopfverletzung derzeit nicht vernehmungsfähig ist, stützen wir uns vorerst auf die Angaben, die er vorgestern dir gegenüber machte, um die Geschichte ad acta legen zu können.«

»Wobei sich einiges davon nicht mehr beweisen lassen wird, da die beteiligten Personen verstorben sind«, relativiert die Kommissarin. »Anderes bleibt hingegen völlig spekulativ, da es sich dabei selbst um Mutmaßungen des Verdächtigen handelt.«

»Die jedoch durch unsere eigenen Recherchen und die zusammengetragenen Indizien durchaus einigermaßen glaubwürdig sind«, wirft Denise Malowski ein. »Alle Puzzleteile passen perfekt zusammen!«

»Fangen wir zunächst mit den größtenteils gesicherten Informationen an«, fährt Donner fort. »Das wäre der Mord an Dennis Holm, den Stumpf Chrissie gegenüber eingeräumt hat und dessen geschilderter Ablauf zudem den eigenen Erkenntnissen entspricht. Demnach observierte er aus Eifersucht das Haus, in dem seine Ex-Freundin und deren neuer Liebhaber wohnten, und folgte seinem Kumpel in den Wald, wo sie zuvor gemeinsam die Beute aus dem Banküberfall vergraben hatten. Hier überraschte er Dennis Holm dabei, wie er sich dieser alleine bemächtigen wollte. Den eigenen Aussagen gemäß erschlug Stumpf ihn aus lauter Wut über diesen schändlichen Verrat von hinten mit der bereitliegenden Spitzhacke.«

»Mit einem gnädig gestimmten Richter und einem guten Strafverteidiger ist sogar eine Anklage wegen Totschlags für ihn drin«, nickt Tobias Heller. »Einen Vorsatz wird man ihm womöglich gar nicht nachweisen können.«

»Spekulativ bleibt hingegen der Grund für den Verrat Holms. Es ist gesichert, dass Nadine Kemper von ihrem vorherigen Freund schwanger war, als sie mit ihm zusammenzog. Das ist uns aus dem Alter des Kindes und Zeugenaussagen von Nachbarn bekannt. Wir werden es wohl niemals mit absoluter Sicherheit wissen, doch am wahrscheinlichsten erscheint mir, dass ihr neuer Freund irgendwie von der Schwangerschaft erfuhr, vielleicht durch einen achtlos weggeworfenen Teststreifen im Badezimmer. Er nutzte die Gunst der Stunde – er dachte ja, dass sein Kumpel im Ausland sei – und beschloss, es den beiden heimzuzahlen und mit der Beute abzuhauen. Zu diesem Zweck inszenierte er in derselben Nacht den Brand in der Ruine. Also, wenn ihr mich fragt, war das eine höchst schwachsinnige Idee!«

»Die uns jedoch letztendlich auf den Gedanken brachte, dass der Tod von Nadine Kemper und die im Wald vergrabene Leiche von Dennis Holm irgendwie zusammenhängen könnten«, erinnert Horst Weiland seinen Vorgesetzten. »Andernfalls würden wir vielleicht heute noch im Nebel herumstochern!«

»Damit kommen wir zu der zweiten ihm zur Last gelegten Tat, nämlich einer Beteiligung am Tod von Nadine Kemper! Die zusammengetragenen Indizien lassen dabei sowohl die Möglichkeit eines vorsätzlichen Angriffs zu, als auch die von ihm vorgetragene Variante eines tragischen Unfalls. Solange wir nicht wissen, ob es bei dem erwähnten Streit tatsächlich nur um das Kind ging, bleiben uns diesbezüglich nur Mutmaßungen.«

»Es könnte doch sein, dass Nadine Kemper in der Zwischenzeit irgendwie herausgefunden hatte, was damals im Wald geschehen war«, überlegt Wolfgang Müller. »Immerhin waren mehr als drei Jahre seither vergangen. Und als er unverhofft bei ihr auftauchte, konfrontierte sie ihn damit. Er stritt alles ab, sie griff zum Messer und verletzte sich selbst. Das würde nämlich ebenfalls zu seiner Darlegung passen!«

»Wir werden ihn zu gegebener Zeit danach fragen. Die Tatsache, dass er der schwer verwundeten und stark blutenden Frau sofort hinterherfuhr, kann aber durchaus auch zu seinen Gunsten angeführt werden. Traurig ist dabei nur, dass er sie hätte retten können, denn als er an der Unfallstelle ankam, muss Nadine Kemper noch gelebt haben!«

»Dasselbe gilt auch für uns«, erinnert Chrissie ihn daran, dass sie und Wolfgang wahrscheinlich nur um wenige Minuten zu spät gekommen waren.

»Manchmal geschehen solche Dinge eben«, tröstet Donner sie. »Ihr konntet das mit der Messerattacke doch gar nicht wissen, nicht mal den Namen hatten wir zuvor gehört! Ihr könnt schließlich nicht überall zugleich sein! Zum Abschluss habe ich noch eine gute Nachricht für euch: Vor einer Stunde kam die eigentlich erst für nächste Woche avisierte DNA-Analyse der Spitzhacke herein. Die reichlich an dem Tatwerkzeug vorhandenen Spuren belegen in vollem Umfang die Aussage des Verdächtigen zum Tatgeschehen. Das Blut an der Klinge stammt definitiv von Dennis Holm und die ebenfalls in ausreichender Menge sichergestellten Hautpartikel am Stiel sind sowohl von ihm als auch von Andreas Stumpf!«

»Dann hätten wir diesen Fall ja wieder einmal in Rekordzeit gelöst«, nimmt Tobias grinsend die Standardansage ihres Chefs an dieser Stelle vorweg. »Wo bleibt unsere Belohnung?«

»Die besteht darin, den nächsten Fall ebenfalls in Windeseile zu lösen«, gibt der Kommissariatsleiter trocken zurück. »Denn ich wette, es wird nicht lange dauern, bis wir wieder einen auf dem Tisch haben!«

Epilog

Denise beugt sich zu dem soeben eingeschlafenen Jungen hinab und haucht ihm einen zärtlichen Kuss auf die Stirn. Der Kleine hat einen anstrengenden Tag hinter sich, der ausgefüllt war mit ausgelassenem Herumtollen mit der neuen ›großen Schwester‹ und dem Kater, der sich von seiner besten Seite zeigte und geduldig das Fell kraulen ließ. Mittendrin in der Gute-Nacht-Geschichte fielen ihm dann auch die Augen zu.

Sie schaut der kleinen Gestalt noch eine Weile zu, wie sie friedlich und entspannt in ihrem gewohnten Bettchen schlummert. Ihr Ehemann Sven hatte es, gleich nachdem sie das Kind ohne Vorankündigung mit nach Hause gebracht hatte, zusammen mit den Anziehsachen und dem Spielzeug aus der Wohnung in Neunkirchen-Seelscheid geholt.

Hier schließt sich der Kreis: Denise wurde mit drei Jahren, also kaum älter als Nicklas, auch gewaltsam der Mutter entrissen. Nur einem gütigen Schicksal hatte sie es damals zu verdanken, nach einem nur kurzen Aufenthalt in einem Kinderheim in eine liebevolle Pflegefamilie aufgenommen zu werden, in der sie wohlbehütet zu einer selbstbewussten jungen Frau heranwuchs.

Nach dem Abitur folgte Denise einer unwiderstehlichen inneren Stimme und trat gegen den ausdrücklichen Willen der Adoptivmutter in den Polizeidienst ein. Dass sie dies aufgrund einer wissenschaftlich längst noch nicht vollständig geklärten geheimnisvollen Verbindung fast zeitgleich mit ihrer damals unbekannten Zwillingsschwester tat, sollte sie erst sehr viel später erfahren.

Und nun, beinahe ein halbes Menschenleben nach der eigenen Entführung, hatte sie nur als ausgebildete Polizistin überhaupt eine reelle Chance gehabt, den Jungen aufzuspüren und womöglich sogar vor einer ungewissen Zukunft zu bewahren. Jetzt endlich kann sie dem Schicksal – oder der Vorsehung – diese riesengroße Hypothek zurückzahlen, indem sie für den Kleinen da ist, der sonst niemanden mehr auf der Welt hat.

Draußen vor der Tür des in aller Eile zum Kinderzimmer umfunktionierten Gästezimmers wartet ihr Ehemann auf sie und schaut ihr ungewohnt ernst in die strahlenden Augen. Was mit seiner Frau derzeit los ist, kann ein Blinder sehen. »Du solltest dich nicht allzu sehr in ihn vergucken«, rät er ihr deshalb besorgt. »Nicklas wird nicht für immer bei uns bleiben können, das weißt du hoffentlich!«

»Den gebe ich nicht wieder her, Sven! Schau ihn dir an, wie glücklich er ist! Und er hat doch auch sonst niemanden mehr! Seine Großeltern habe ich schon gefragt, sie wären mit einer Adoption einverstanden! Sein Erzeuger wird die nächsten fünfzehn bis zwanzig Jahre sowieso im Gefängnis verbringen, und dessen Vater ist ebenfalls vorbestraft. Setze die Teile zusammen und du erfährst die Namen seiner neuen Eltern!«

»Du hast natürlich wieder mal an alles gedacht, nicht wahr?«, schmunzelt Sven und nimmt sie liebevoll in den Arm. »Warum wundert mich das eigentlich nicht? Na gut, wenn es dich glücklich macht, werde ich dich selbstverständlich unterstützen. Ich mag den Burschen doch auch, und Leo hätte endlich ihren kleinen Bruder, den sie sich heimlich zu Weihnachten gewünscht hatte! Ich möchte nur nicht, dass du leiden musst, wenn es nicht klappen sollte!«

»Das wird es bestimmt, Schatz!«, strahlt sie überglücklich. »Dessen bin ich mir vollkommen sicher! Und sieh es mal positiv«, fügt sie schelmisch hinzu. »Ich musste nicht einmal schwanger dafür sein!«

»Da hast du recht«, grinst Sven. »Ich kann mich noch lebhaft an deine Fressattacken erinnern, als du mit Leonie in anderen Umständen warst. Ich musste mir damals sogar extra einen LKW mieten, um das alles herbeizuschaffen, was du verputzt hast!«

Für diese ausgewiesen alberne und zudem selbstverständlich *völlig aus der Luft gegriffene* Behauptung erntet er umgehend einen freundschaftlichen Knuff in die Rippen. Zumindest das mit dem Lastwagen hat er schamlos erfunden!

In eigener Sache

Oft sind in Rezensionen Bemerkungen zu lesen, die sich in höchst negativer Weise auf die Seitenzahlen beziehen. Da finden sich immer wieder Sätze wie: »Es waren 256 angegeben, bei mir war aber schon bei 177 Schluss«. Selbstverständlich werden dafür jedes Mal kräftig Sterne abgezogen!

Einmal davon abgesehen, dass dies nichts mit dem Inhalt zu tun hat, ist es ohnehin unfair, denn daran ist der Autor unschuldig! Worauf besagte Leser sich beziehen, ist die Seitenzahl der Printausgabe, die – aus welchem Grund auch immer – auf der Produktseite der Kindle Ausgabe erscheint.

Es würde zu weit führen, die Regeln für den Buchdruck zu erläutern, daher hier nur so viel: Das eine ist das *Taschenbuch*, das andere das *E-Book* und dabei handelt es sich um zwei total unterschiedliche Techniken. Bei einem gedruckten Werk haben wir lauter feste Parameter wie Schriftgröße, Buchseitengröße, Seitenränder und so weiter, die in einem Reader völlig anders gehandhabt werden.

So muss man hier beispielsweise keine Rücksicht auf Klebefalz und Beschnittrand nehmen. Bei der Herstellung eines Taschenbuches werden nämlich rundherum mehrere Millimeter abgeschnitten, was zu Textverlust führen kann, stellt man die Ränder zu schmal ein.

Doch der Hauptgrund für die unterschiedliche Angabe der Seitenzahlen ist der Kindle Reader selbst: Man kann dort sowohl die Schriftgröße als auch die Zeilenabstände fast nach Lust und Laune definieren, was bei einem gedruckten Buch aus naheliegenden Gründen jedoch nicht möglich ist. So haben wir hier normalerweise eine 10-Punkte-Schrift mit einzeiligem Abstand.

Die kleinste Einstellung in Ihrem Kindle stellt aber eine 8-Punkte-Schrift dar, und weil die Zeilenhöhe zu der Schriftgröße proportional ist, reduziert sich diese selbstverständlich ebenfalls entsprechend. Hierbei kann durchaus ein Unterschied von bis zu 30 % im Verhältnis zum Taschenbuch entstehen. Rechnen Sie es sich selbst aus!

Hinzu kommen Formatierungen, die es in einem Taschenbuch im Gegensatz zum Reader nicht gibt, wie allein stehende Überschriften oder Absätze am Seitenende, die nur aus einer Zeile bestehen. Auch hierdurch kann ein gedrucktes Buch noch einmal an Umfang zulegen.

Ich darf aus den dargelegten Gründen abschließend darum bitten, sich *vor* Äußerung solcher und ähnlicher Bemerkungen in Zukunft doch etwas mehr Gedanken zu machen. Außerdem handelt es sich bei diesen Bewertungen um Produktrezensionen (hier: E-Book). Dieses mit einem anderen Artikel (hier: Taschenbuch) zu vergleichen, ergibt ohnehin keinen Sinn!

Malowski und Heller **ermitteln weiter**!

Ich hoffe, der vorliegende Fall für Denise Malowski und Tobias Heller und ihres Ermittlerteams hat Ihnen gefallen und ich konnte Ihnen spannende und unterhaltsame Stunden damit verschaffen, denn zu diesem Zweck wurde das Buch ja geschrieben!

Wenn dies der Fall ist, habe ich eine persönliche Bitte an Sie: Ich würde mich freuen, wenn Sie den Krimi auf der Produktseite von Amazon bewerten und dort ein kurzes Feedback hinterlassen. Sie müssen sich gar nicht in epischer Breite über den Inhalt auslassen, einige wenige Sätze reichen vollkommen aus.

Falls Sie auf Leserplattformen wie *Lovelybooks*, *Goodreads* usw. aktiv sind, einen Buchblog betreiben oder Ihre Leidenschaft für Bücher auf *Facebook*, *Instagram* oder *Twitter* teilen, würde ich mich auch hier über eine Rezension freuen und bedanke mich schon jetzt herzlich für Ihre Unterstützung.

Im Anschluss an diese Seite finden Sie Kurzbeschreibungen der Protagonisten, soweit sie aus Gründen der Vermeidung von Wiederholungen für Stammleser im Text nicht erwähnt wurden.

Ihr René Falk

Das Ermittlerteam

Denise Malowski, Jg. 1981, begann ihre Laufbahn als Kriminalkommissarin bei der Kripo Köln und wechselte später zur Siegburger Kriminalpolizei. Dort ist sie seit 2009 die Partnerin von Tobias Heller. In ihrer kargen Freizeit übt Denise den Kampfsport Taekwondo aus und besitzt den schwarzen Gürtel für den 3. Dan. Sie ist 1,70 Meter groß, schlank und hat grasgrüne Augen, deren Farbe je nach Stimmung oder Lichteinfall in ein helles Braun zu wechseln scheint. Das lange, hellbraune Haar ist meist aus Bequemlichkeit zu einem Pferdeschwanz gebunden. Ihr ganzer Stolz ist ein himmelblaues Smart Cabrio, von ihrem Partner oft als Spielzeugauto bespöttelt. Verheiratet ist sie seit 2015 mit dem Steuerberater Sven Leuchner, die gemeinsame Tochter Leonie wurde 2016 geboren.

Tobias Heller, Jg. 1979, studierte nach dem Abitur einige Semester Kriminalpsychologie an der Universität Bonn, brach dann aber bald das Studium ab und bewarb sich bei der Kriminalpolizei. Dort bildete er zunächst ein Ermittlungsteam mit der damaligen Kriminalkommissarin Melanie Klein, die er bald darauf heiratete. Die Ehe scheiterte jedoch zunächst, im Jahr 2016 wagte das Paar aber einen zweiten Anlauf. Heller ist 1,85 Meter groß und hat eine sportliche Figur. Das dunkelblonde lockige Haar trägt er schulterlang. Seine bevorzugte Kleidung besteht aus Jeans, Turnschuhen und Lederjacke, was einen krassen Gegensatz zur immer modisch korrekt gekleideten Kollegin Malowski darstellt.

Horst Weiland, Jg. 1988, besuchte das Gymnasium in Troisdorf, wo er im Alter von zehn Jahren seinen Klassenkameraden Wolfgang Müller kennenlernte. Die Freunde sind seit ihrer Schulzeit beinahe unzertrennlich und gingen nach dem Abitur gemeinsam zur Polizei. Seit 2013 bildet er mit Müller ein Ermittlungsteam beim Kriminalkommissariat 1 in Siegburg, wo sie den Hauptkommissaren Malowski und Heller unmittelbar unterstellt sind. Horst Weiland ist 1,80 Meter groß und sportlich. In der Freizeit nimmt er oft an Marathonläufen teil. Er ist seit 2012 verheiratet und hat mit der Grundschullehrerin Birgit Weiland einen gemeinsamen Sohn, der 2014 geboren wurde.

Wolfgang Müller, Jg. 1988, hinterlässt mit seinen knapp hundert Kilogramm Gewicht, einer Körpergröße von 1,89 Metern, breiten Schultern und einer tiefen Bassstimme auf den ersten Blick einen eher behäbigen Eindruck, weswegen seine Freundin ihn liebevoll Brummbär nennt. Mit einer hohen Intelligenz, einer raschen Auffassungsgabe und einem Abiturzeugnis mit Bestnoten punktet er aber in jeder Hinsicht. Seit 2016 ist der bis dahin als überzeugter Junggeselle bekannte Ermittler mit Kriminalkommissarin Christina Ohlsen liiert, mit der er fest zusammenlebt und auf Wunsch seines Vorgesetzten seit dem Jahr 2019 auch beruflich ein Ermittlungsteam bildet.

Christina Ohlsen, Jg. 1991, ist seit 2016 im Team, wo sie zunächst die Stelle einer Kommissaranwärterin bekleidete und aufgrund überragender Leistungen schon ein Jahr später zur Kommissarin befördert wurde. Ebenso wie Tobias Heller studierte sie nach dem Schulabschluss an der Universität in Bonn, wo sie Rechtswissenschaften belegte, aber schon nach kurzer Zeit aus einer inneren Überzeugung zur Polizei ging. Die nur 1,62 Meter große, zierliche Christina wird von den Kollegen meist Chrissie gerufen und hält sich zwei zahme Frettchen mit den Namen Quasimodo und Esmeralda als Haustiere. Sie ist Ju-Jutsu Meisterin mit schwarzem Gürtel für den 2. Dan und eine ausgezeichnete Schützin mit einer konstanten Trefferquote von 100 %.

Peter Donner, Jg. 1967, ist der Leiter des Kriminalkommissariats 1. Der Erste Hauptkommissar regiert das Kommissariat mit strenger, aber gerechter Hand. Er ist bei allen Mitarbeitern beliebt und überlässt die Ermittlungsarbeit meist seinen Leuten. Verheiratet ist er seit 1994 mit Adelheid Donner. Er ist 1,77 Meter groß und von untersetzter Gestalt, was ihn kleiner erscheinen lässt. Sein schütteres Haar besteht im Wesentlichen aus einem dunkelblonden, leicht angegrauten Kranz. Seine Laufbahn begann er bei der uniformierten Polizei, wo er während einer Tatortsicherung dem leitenden Ermittler durch eine ausgezeichnete Beobachtungsgabe und einen analytischen Verstand auffiel. Wegen akuter Personalknappheit wurde er daraufhin kurzerhand zur Kriminalpolizei versetzt.

Amara Jones, Jg. 1990, ist die Tochter nigerianischer Einwanderer. Die gebürtige Münchnerin studierte Mathematik und Informatik, bevor sie in der Forensik der Kripo Siegburg die Stelle der IT-Spezialistin als Nachfolge Klaus Dreyers übernahm. Sie hat in beiden Studienfächern einen Master und ebenso wie ihr Vorgänger ein untrügliches Gespür für alles Technische. Ihr unüberhörbarer bayrischer Akzent steht in einem lustigen Kontrast zu ihrer tiefschwarzen Hautfarbe.

Jürgen Vogel, Jg. 1971, leitet die forensische Abteilung der Kripo Siegburg seit vielen Jahren. Der meist kauzig wirkende Wissenschaftler liebt seinen Beruf und schwarze Zigarillos über alles. Mit einer Körpergröße von 1,92 Metern und einer extrem hageren Gestalt wirkt er in seinen Bewegungen oft unbeholfen, ist jedoch in seinem Fachgebiet der forensischen Spurenanalyse eine anerkannte Koryphäe und sowohl bei seinen Mitarbeitern als auch bei den polizeilichen Ermittlern sehr beliebt.